Hasenfratz · Der Krautbettjäger

AF201318

SAMMLUNG **ISELE**

Band 758

Ferdinand Hasenfratz

Der Krautbettjäger

und andere abenteuerliche Spinnstubsagen, waschechte
Waldstrolchiaden und Plaudereien aus dem Wutachtal

Herausgegeben von Klaus Isele

Mit Zeichnungen von Albrecht Huber

REIHE WUNDERFITZ | Klaus Isele Editor

Ferdinand Hasenfratz (1858-1943)

Die Buchreihe Wunderfitz
wird von Klaus Isele herausgegeben
Alle Rechte vorbehalten © 2019

Herstellung und Verlag:
BoD – Books on Demand, Norderstedt
ISBN 978-3-7481-2061-2

INHALT

Vorwort

Ferdinand Hasenfratz, der Egginger Dichter und Heimatforscher, zählte in der ersten Hälfte des 20. Jahrhunderts zu
den wichtigsten Künstlerpersönlichkeiten des Landkreises
Waldshut. Seinen Namen konnte man in Kürschners »Deut-
schem Literatur-Kalender« und Koschs »Theaterlexikon« finden, seine Verse sind in Raifs Anthologie »Die badische Mund-
artdichtung« vertreten, und sogar im »Literarischen Führer
durch Deutschland« ist sein Name verzeichnet. Obwohl ihm
die literarische Welt noch ein Andenken bewahrt, war sein
Werk beim breiten Publikum längst vergessen, weshalb im
Jahr 1984 durch die erstmalige Herausgabe des vorliegenden
Buches seine literarische Neu- und Wiederentdeckung er-
folgte.

Ferdinand Hasenfratz ist am 7. Juli 1858 im Haus Nr. 83
(heute Waldshuter Straße 1) in Untereggingen geboren. Neben acht Jahren Volksschule in Untereggingen genoß er bei
Pfarrer Schneider Privatunterricht in Mathematik, Geogra-
phie, Latein und Griechisch. Pfarrer Schneider, der die Be-
gabung des Jungen schnell erkannte, wollte ihn für den geistlichen Stand gewinnen. Dies war auch der heimliche Wunsch
seiner Mutter, jedoch fehlten der in einfachen Verhältnissen
lebenden Familie dazu die finanziellen Mittel. Auch fesselte
Ferdinand Hasenfratz anderes. Er merkte bald, daß er nicht
zum Pfarrer berufen war und schrieb damals folgenden Vers
nieder:

> »Was schert mich Griechisch und Latein
> ein deutscher Dichter will ich sein.«

Die Jugendzeit von Hasenfratz war hart und entbehrungs-
reich. 1879 wurde er zur Ersatzreserve 1. Klasse, Feldartil-
lerie eingezogen. Nach seiner Militärzeit kehrte er wieder in
sein Heimatdorf zurück, wo er sich im Jahre 1889 mit Anna
Maria Burger aus Würenlingen (Schweiz) vermählte. Aus die-

ser Ehe gingen vier Kinder hervor, von denen drei früh starben. Lediglich der Sohn Siegfried erreichte ein hohes Alter und setzte später die heimatgeschichtliche Arbeit des Vaters fort. Von 1888 bis 1893 verwaltete Hasenfratz die Naturalverpflegungsstation in Untereggingen. Dies war eine Übernachtungsstation für wandernde Handwerksburschen. Von 1895 an leitete er mehr als zwei Jahrzehnte die örtliche Postagentur. Von 1914 bis 1933 versah der Egginger Schriftsteller zusätzlich das Amt des Ratschreibers. Nach einem schaffensreichen Leben starb der geschätzte Volkspoet nach dreimonatiger schwerer Krankheit am 1. Mai 1943 im hohen Alter von 85 Jahren.

Fast sein gesamtes Leben hatte der auch überregional bekannte Literat in seinem Heimatdorf Eggingen verbracht. Er war ein Feind des Reisens, jedoch ein großer Naturliebhaber und Wanderer, der seine nähere Umgebung aus zahlreichen Exkursionen gründlich kannte. Ihn interessierten Pflanzen und Tiere ebenso wie die deutsche und regionale Geschichte und die Archäologie. Hasenfratz erforschte die Geschichte seines Heimatdorfes gründlich und wurde so zu einer lebenden Dorfchronik. Beredter Ausdruck seiner heimatgeschichtlichen Arbeit sind eine stattliche Reihe von Abhandlungen, auf dem Gebiet der Volks- und Heimatkunde sowie der Naturgeschichte.

Auch wirkte der vielseitige Gelehrte maßgeblich an der Entdeckung der römischen Bodenfunde in unserer Heimat mit und meldete der Denkmalbehörde 1892 die Entdeckung einer römerzeitlichen Villa im Ehrental bei Untereggingen sowie alemannische Steinplattengräber bei der Kapelle oberhalb des Dorfes. Als 1908 dort weitere 30 Gräber zum Vorschein kamen, war Hasenfratz für deren sachgemäße Bergung und für die Aufbewahrung der Funde besorgt. Was ihn (als Laien) hierbei besonders auszeichnete, war die Sorgfalt, die er seinen Funden angedeihen ließ. Selbstverständlich pflegte er Kontakte zu den maßgeblichen Instanzen des Denkmalschutzes und der Heimatkunde, auch über die deutsch-schweizerische Grenze hinweg. Der badische Landesgeologe Dr. Schalch war im Hause von Ferdinand Hasenfratz ein oft gesehener Gast. Nach seinem Tod schrieb der Freiburger Universitätsprofessor Georg Kraft im »Jahrbuch für Ur- und Frühgeschichtliche Forschung«: »Mit ihm ist wieder einer jener seltenen Menschen aus dem Leben geschieden, die es dank ihrer warmen Heimatliebe und ihrem vielseitigen Interesse schon lange vor dem Auftreten einer planmäßigen Denkmalpflege als eine Selbstverständlichkeit empfunden haben, zufällig auftretende Funde zu bergen und aufzubewahren. Es wird einmal ein besonders reizvolles Kapitel in der Geschichte unseres Faches sein, diesen Männern nachzuspüren und ihre Verdienste um die Ur- und Frühgeschichte zu würdigen.«

Ferdinand Hasenfratz war ein passionierter Sammler und Freund der Merkwürdigkeiten. Neben seinem Haus hatte er grotesk geformte Felsstücke aus den Wäldern, aufschlußreiche Versteinerungen und mannigfaltige Gesteine aufgestellt. Die Bank, die direkt neben dem Eingang stand, war aus Steinen mit uralten Inschriften und Jahreszahlen gebildet. Römische Ziegelsteine zierten die Weglein des Blumengartens. Sein ganzes Haus war von Hasenfratz im Laufe der Jahre in ein heimatkundliches Museum ausgestaltet worden. Da fanden sich prächtige Kasten und Truhen, herrliche Bauernschränke, bemalte Ofenkacheln sowie Schwerter und Funde der verschiedensten Art aus frühalemannischer und römischer Zeit. Die Wände waren geschmückt mit vielen Bildern und alten Stichen. Im zweiten Stockwerk befand sich eine wunderschöne mittelalterliche Waffensammlung: Morgensterne, Hellebarden und das Kurzschwert des Bauernführers Hans Müller von Bulgenbach. Dieses Relikt aus grausamer Vorzeit bewahrte der bedeutende Sohn Eggingens eingewickelt in rotes Tuch in einer schweren eisernen Truhe auf. Umgeben war das Schwert mit Schneckenhäusern, die den Ausbruch des Bauernkrieges andeuten sollten. Urkunden bezeugten die Echtheit dieser Kostbarkeit. Auch Waffen aus dem Orient, die er durch Tausch erworben hatte, fanden sich in dem privaten Heimatmuseum von Ferdinand Hasenfratz. Zu seinen kostbarsten Ausstellungsstücken zählten schwere silberne Ketten, die in früherer Zeit von den Bäuerinnen der Gegend getragen wurden.

Als starker Raucher hatte er sich eine umfangreiche Sammlung alter und origineller Tabakspfeifen angelegt. Ein besonderes Steckenpferd des Künstlers war die Stammbaumforschung. Als Mitarbeiter des Oberbadischen Geschlechterbuchs, das von der Badischen historischen Kommission in Karlsruhe herausgegeben wurde, beschäftigte er sich mit der Sammlung und Auswertung von genealogischem Urkundenmaterial in der engeren Heimat.

Neben seiner fruchtbaren schriftstellerischen Tätigkeit entfaltete Hasenfratz umfangreiche jahrzehntelange Aktivitäten als Berichterstatter des »Alb-Bote«. Außerdem veröffentlichte er zahlreiche Beiträge in folgenden Zeitungen: »Badener Land« (Freiburg), »Südwestdeutscher Sonntagsanzeiger«, Schwarzwälder Kalender« und »Freiburger Zeitung«. Er verfaßte auch Theaterkritiken, Buchbesprechungen, Konzertkritiken und schrieb ein Geleitwort zu Samuel Pletschers Monographie »Die Küssaburg im badischen Klettgau«.

Seine dichterischen Werke veröffentlichte der scharfsinnige Egginger oft unter Pseudonym. Hier einige Spitznamen, die er sich zugelegt hatte: Waldstrolch, der Uhu aus dem Wutachtal, de alt Strolch, Baribal d. W., Habakuk.

1927 hielt Hasenfratz drei Vorträge auf dem Zunftfest in Staufen, zu dem 20.000 Besucher gekommen waren. Sein Sohn Siegfried, damals als Gewerbelehrer in Staufen tätig, hielt eine Festrede über die Entstehung des Handwerks und der Zünfte.

Ferdinand Hasenfratz verfügte Zeit seines Lebens über einen großen Bekanntenkreis, mit dem er sich über Fragen der Heimatforschung und Dichtung austauschte. Hier seien einige seiner Freunde aufgezählt: Samuel Pletscher (Rechtsanwalt und Heimatforscher aus Schleitheim/Schweiz), Regina Honold (eine Bekannte Josef Victor von Scheffels), Karl

Friedrich Würtenberger (Dichter aus Dettighofen), Johann Georg Pfund (Archivar, Kantonsrat und Heimatforscher aus Hallau/Schweiz), Otto Weber (Opernsänger aus New York), Ludwig Krieger (Observator aus Erzingen), Frau Prof. Bertha Weber (Lyrische Dichterin aus Oberlauchringen). Vom Prinzen Max von Fürstenberg und der Großherzogin Luise besaß Hasenfratz Bildnisse mit persönlicher Widmung.

Bis ins hohe Alter war der Egginger Heimatdichter von einem großen Wissensdrang beseelt und gab fast sein gesamtes Geld für die Anschaffung von Büchern aus. Mittels dieser Bücher eignete er sich autodidaktisch breite Kenntnisse auf vielen Forschungsgebieten an.

Zum Abschluß dieser biographischen Notizen noch eine Anekdote, die aufs köstlichste den Charakter des Dichters illustriert: Einmal sagte ein sich klug dünkender Oberamtmann, um ihn zu reizen, folgende Worte zu ihm:»Herr Hasenfratz, viel habe ich schon von Ihnen gelesen. Es hat mir auch manches gut gefallen, Ihr Gesicht aber hätte ich mir intelligenter vorgestellt.« Bedächtig nahm der Angesprochene die Pfeife aus dem Mund und erwiderte schmunzelnd:»Oh, das macht gar nichts! Mir ist es mit Ihnen genauso gegangen, nur umgekehrt: Ihr Gesicht gefällt mir gar nicht schlecht, aber Ihr Geschwätz finde ich saudumm!«

Zum dichterischen Werk

Das literarische Schaffen und die Wirkung von Ferdinand Hasenfratz zu beschreiben und gebührend zu würdigen, ist ein äußerst komplexes Unterfangen. So umfangreich und vielschichtig sein Werk ist, so groß ist auch der zeitliche Abstand, der zwischen dem dörflichen Kosmos von Hasenfratz und unserer heutigen Welt liegt. Drei Generationen weit müssen wir zurückdenken, wenn wir die urwüchsigen und kraftvollen Verse des Waldstrolchs verstehen wollen. Manchmal werden wir uns vielleicht an der neuromantischen Diktion seiner Erzählungen, Sagen und phantasievollen Schnurren stören, deren Stoffe und Inhalte uns allzu antiquiert, vergangenheitsträchtig und sehnsuchtsgeladen erscheinen mögen. Der Nachvollzug der Texte im sich langsam annähernden Leseprozeß gestaltet sich nicht immer problemlos. Und doch lohnt es sich, so meine ich, dem vergessenen und verhallten Zeitgeist nachzuhorchen, sich bedächtig auf ihn einzulassen und sich dann in eine Epoche entrücken zu lassen, deren Probleme, Lebensalltag und Bräuche uns heute so fremd und weitgehend unbekannt sind.

Einen großen Stellenwert in Hasenfratz' Werk nimmt seine umfangreiche Versdichtung ein, die voll überbordender Erlebnisse ist und in der sich die Volksseele aufs Eindruckvollste widerspiegelt. Hier zeigt sich der echte alemannische Dichter, der eine tiefe poetische Natur besitzt. Hasenfratz bedient sich der alemannischen Sprache in ihrer ganzen urwüchsigen Vielfalt, bringt die Ortsmundart zum Klingen und lädt sie mit starken farbenprächtigen Bildern auf. Diese Sprache besitzt die Wärme des Herzens, sie fühlt mit und empfindet tief.

Neben eindrücklicher Naturpoesie, Stimmungs- und Liebeslyrik findet sich häufig auch Humoristisch-Hintersinniges, wie z. B. in dem Gedicht »Maienkur«, in dem der Schelm zwischen den Zeilen hervorblinzelt:

Maienmorgenherrgottsfrühe!
Perlentau und Wonneluft,
Buntes Busch- und Baumgeblühe,
Vogellieder, Waldesluft!
Quellenrauschen, Wiesengrün!
Sonnerwachen, Alpenglühn!
O – wie paradiesischnett
Ist es da – im Bett!

Äußerst intensiv widmete sich Hasenfratz dem Theater. So verfaßte er über 40 Theaterstücke, die er mit den Bewohnern seines Dorfes als erste Freilichtspiele in Südbaden auf der Küssaburg und auf den Roggenbacher Schlössern aufführte. Die Theatergesellschaft Untereggingen war damals in unserer Region weit bekannt. Über seine Theaterarbeit sagte der Waldstrolch einmal:»Wenn ich am fünften Akt schrieb, wurde der erste bereits geübt.«Häufig spielen die Theaterstücke, von denen leider nie eines zum Druck gelangte, in der Zeit des Mittelalters und des Rittertums. Wallfahrer, Scholaren, Burgfräulein und kriegerische Regenten werden zu neuem Leben erweckt. Erstaunlich für uns Heutige ist der enorme Zulauf, den diese Freilichtaufführungen erlebten. So lesen wir zum Beispiel am 9. August 1932 in der »Schwarzwälder Zeitung«:»Vor 25 Jahren, am 4. August 1907, wurde am Fuße der Ruine Roggenbach das von dem Volksschriftsteller Ferdinand Hasenfratz verfaßte Ritterdrama ›Radeburg von Roggenbach‹ von der Unteregginger Theatergesellschaft mit großartigem Erfolge aufgeführt. Ein nach Tausenden zählendes Publikum umdrängte die malerische Waldbühne und lauschte den prächtigen Textvorträgen und herrlichen Liedern trotz der Hundstagshitze. Wie glänzten und leuchteten die altertümlichen Waffen, Ritterrüstungen, gold- und edelsteingleißenden Gewänder der Edelfräulein im Sonnenschein!«

Über die historische Erzählung»Zwei Zwingherren«, die ebenfalls in der Zeit des Mittelalters angesiedelt ist, heißt es im»Alb-Bote« vom 30. Juli 1907:»Jener hochoriginelle, mittelalterliche Roman von F. Hasenfratz, Untereggingen, welcher durch seine urfrische Sprache und interesanten Handlungen, sowie durch den unvergleichlich flotten Humor seiner Zeit die Leser des Alb-Boten und der Freiburger Zeitung in steter hoher Spannung hielt, ist nun in Buchform erschienen. [...] Leider war der Verfasser nicht zu bestimmen, eine große Auflage herstellen zu lassen. Es dürfte daher die vorhandene Anzahl bald ausgegeben sein. Wir empfehlen den Lesern unseres Blattes, sich bald eines dieser urgelungenen Literaturdenkmale unserer Heimat zu versichern. Wir hätten gerne, dem Werte dieses schönen Werkes entsprechend, eine höhere Preisangabe auf's Titelblatt gedruckt, aber der Herr Verfasser, nach dessen Ansicht die Menschen glücklicher wären, wenn sie Geld und Papier nicht kennen würden, hat gesagt: ›Zwei Mark. Nicht mehr! Wählen wir von den Übeln das kleinste!‹ Die Bücherantiquariate werden aber einst anders denken und dann sicher 5-6 oder noch mehr Mark pro Exemplar dieses seltenen Werkes in die Kataloge setzen.« Auch zu anderen in Buchform erschienen Werken des Waldstrolchs liegen Pressestimmen vor. So schreibt der Archivar Jakob Pfund über den »Dorfbrand« (1931), ein Zeitbild aus »verstaubter Vergangenheit«: »Das Opus ›Der Dorfbrand‹ hat mir köstliche Stunden bereitet. Ich bewundere je länger je mehr des Dichters souveräne Kunst in der Beherrschung der Sprache jener Zeitepoche und die geradezu hinreißende Darstellungskraft.« Der »Alb-Bote« meint zum selben Opus: »Das Werkchen ist, wie der einstige Großbrand, ein lokalhistorisches Ereignis. Aber rücksichtlich seiner meisterhaften Bearbeitung, darstellungskräftigen Handlung und scharf gezeichneter Charaktere, sowie seines köstlichen Humors, literarisch wertvoll. Es hat daher seinen Weg in die Weite gefunden. Auch die badische Landesbibliothek besitzt es, und in der Fürstl. Fürstenbergischen Hofbibliothek hat es einen Ehrenplatz. Seine Durchlaucht der Fürst von Fürstenberg hat in seinem Schreiben hohes Interesse und große Freude an dem Werkchen bekundet.«

Das Wichtigste und Bedeutendste aus dem umfangreichen Werk des Egginger Heimatdichters sind meines Erachtens seine Sagen und Erzählungen. Sie stehen deshalb auch am Anfang dieses Buches. Gerade die Sagen übermitteln uns etwas literarhistorisch Wertvolles, etwas, das nachhaltig durch die verflossenen Jahrhunderte hindurchwirkt. Daraus können wir auch heute noch – oder vielleicht wieder – großen Gewinn schöpfen. Unter den Erzählungen finden sich sowohl relativ schlichte Schilderungen, die fast authentisch historische Begebenheiten widergeben, als auch phantasiedurchwirkte schillernde Texte, die etwas romantisch angehaucht sind und deutlich das Vorbild Joseph von Eichendorffs oder Joseph Victor von Scheffels durchscheinen lassen. Geradezu mit Symbolgehalt aufgeladen ist der kurze, aber atmosphärisch sehr dicht komponierte Text »Die rote Rose«.

In den sehr aufschlußreichen und köstlichen Sagen von Hasenfratz tritt uns eine Welt entgegen, die längst vergangen ist und in der das Übersinnliche und der Mythos noch eine viel wichtigere Rolle spielten als heute. Selbstverständlich sind diese Spinnstubsagen nicht immer für bare Münze zu nehmen, was der Autor auch selbst immer wieder ausdrücklich betont. Jedoch kann es für den interessierten Leser eine sehr lohnende Beschäftigung sein, den eingeschriebenen Zeitgeist herauszufiltern. Gerade wegen ihrer Vielschichtig- und Mehrdeutigkeit werden Sagen dieser Art, die den Volksgeist des Schwarzwalds widerspiegeln, die Zeit überdauern und auch in Zukunft ihre Leser finden.

Daß Ferdinand Hasenfratz kein trockener und weltabgewandter Poet war, ist seinen Werken leicht zu entnehmen. Im Kapitel »Humoristisches« sind zahlreiche Texte abgedruckt, die den reichen Witz und Humor veranschaulichen, mit dem dieser leutselige Dichter begnadet war. Viele seiner hintersinnig-ironischen Wortschöpfungen wurden von zeitgenössischen Rezensenten mit dem Prädikat »urgemütlich« versehen. Manche sind jedoch auch mit satirischen Seitenhieben gespickt, die den Adressaten zielsicher und empfindlich treffen.

Ebenso wie der Waldstrolch über seinem Studieren, Sinnieren und Dichten nie seinen Humor verloren hat, hat er auch nie seine Herkunft aus dem Bauernstand verleugnet.

Bis in die letzte Faser ist Ferdinand Hasenfratz auf seinem geistig ausgerichteten Lebensweg ein Bauer geblieben. Diese bäuerliche Verwurzelung und das Festhalten an den Traditionen seiner Eltern und Großeltern sind kein Zeichen von provinzieller Zurückgebliebenheit, sondern eine innere Einstellung, die Bewunderung verdient. Auch in seinem Werk hinterläßt diese Grundhaltung deutliche Spuren. Dort findet, um ein Wort des Philosophen Martin Heidegger über Johann Peter Hebel zu zitieren, »eine Steigerung ins Einfache« statt. Sein Freund Emil Baader sagte einmal über Ferdinand Hasenfratz: »Und doch ist er ein Original: als Mensch wie als Poet.« Diesem freundlich-freundschaftlichen Urteil ist nichts mehr hinzufügen.

Klaus Isele

I. Sagen

Die Hexe von Bühl im badischen Klettgau

Meiner Großmutter selig nacherzählt

Was wurde früher in den Spinnstuben nicht alles von der
»Bühlemer Hex« erzählt! Nach der Meinung des gemeinen Volkes war das eine gewaltige und boshafte Zauberin, die im ganzen Klettgau und in dessen Umgebung gefürchtet wurde. Krankheiten an Menschen und Vieh, Tod unschuldiger Kindlein, Ungewitter, Mißwuchs und allerlei ander Unheil soll sie um Mitternacht in einsamer Waldschlucht mit Teufels Hilfe aus ihrem Hexenkessel gezaubert haben. Ein gräulicher Werwolf sei ihr Tag und Nacht zu Hilfe gestanden. Als »Schrättili« soll sie sich nachts auf die Schläfer, deren Bettstellen nicht mit dem Drudenfuß bezeichnet waren, gelegt haben.

Um ihre geheimnisvollen Kräfte zu wahren, aß sie je zur Zeit des Neumonds in »Armsünderschmalz« gebratene Zwiebeln, welche aber weit her geholt sein mußten. Zum Einkaufen derselben besuchte sie stets den Basler Gemüsemarkt, und ehe sie sich dorthin begab, brachte sie das Schmalz in die Bratpfanne und diese über die Herdglut. Dann setzte sie sich rittlings auf ihren mit Hexensalbe bestrichenen Besen, fuhr zum Schornstein hinaus und unsichtbar hoch in Lüften Basel zu, wo sie sich unbeschrieen auf den Zwiebelmarkt herabließ. Nicht ohne Feilschen mit den Marktweibern kaufte sie dann ihre Zwiebeln und ritt auf gleiche Weise, wie sie gekommen, wieder nach Hause. Niemals war bei ihrer Ankunft das Schmalz schon heiß genug.

Aus Holzbeugen und Seilstumpen verstand sie, die Kühe der Bauern zu melken. Milch und Schmalz hatte sie, obschon sie weder Kuh noch Ziege besaß, mehr als alle Bauernweiber von ganz Bühl zusammen. – Auf dem Hexensabbat thronte sie stets als Königin neben dem leibhaftigen Gottseibeiuns. Großen Respekt hatte sie aber vor dem »Brummei« in Grießen. So nannte sie nämlich die große Kirchenglocke daselbst. Denn während des Läutens hatte sie nicht mehr Gewalt als andere Menschenkinder, und würde sie einmal zur Zeit des Läutens durch die Luft geritten sein, so wäre sie unfehlbar heruntergefallen und zerschmettert worden. Das von ihr fast allenthalben angerichtete Unheil war zuletzt nicht mehr zu ertragen. Die Hexe wurde gefangen genommen und nach hochnotpeinlichem Verhör zum Tode durch das Schwert verurteilt. Das machte ihr aber keine grauen Haare, sie lachte dazu, und als man sie zum Köpferplatz führte, war sie so ausgelassen lustig, daß sie vor dem Scharfrichter her tanzte und sang: »Schätzele, du bist mi un i bi Di!«

Früher erfüllte man stets den armen Sündern ihre auf Essen und Trinken hinausgehenden Wünsche. Die schlaue Hex wünschte nun »noch einmal ein frisch gebackenes Brödli, bevor sie zu ihrem schwarzen Bräutigam gehe«. Kaum hatte man ihr ein solches verabreicht, so war sie gleich unter Hohngelächter verschwunden.

Ein andermal, als sie an Händen und Füßen gebunden zum Hochgerichte gebracht werden sollte, bat sie »vor ihrer Hochzeit« (wie sie ihren Tod nannte) doch noch einmal ihre liebe Heimaterde berühren zu dürfen. Ahnungslos entkettete man ihr die Hände und Füße zu diesem Zwecke. Kaum hatte sie mit dem Zeigefinger der linken Hand, woran sie ihren kupfernen, vom Bösen empfangenen Zauberring trug, die Erde berührt, hatten die Henkersknechte, die sie an einem starken Seil geführt hatten, statt ihrer nur noch ihre Kleider. Sie selbst war ungesehen verschwunden. Auf solche und allerlei andere Arten sei sie der Hinrichtung öfters entkommen, und jedesmal rief sie am Morgen des zu ihrer Hinrichtung bestimmten Tages durchs Gitterfenster ihres Kerkers den davor stehenden Leuten höhnisch zu: »Nichts tut ihr heut noch mir.« Einmal war auch der Müller von der Laufenmühle unter den Zuschauern. Diesem rief sie zu: »Herr Müller, habt ihr Euch recht ergötzt, als ich ein Viertel Flöh' in Euer Haus gehext?!« Da wurde endlich der berühmte Dangstetter Scharfrichter zu Rate gezogen. Dieser erschien, und als die Hexe bei ihrer Vorführung ihn gewahrte, wurde sie sehr traurig und bat um Gnade. Der Scharfrichter von Dangstetten aber befahl, sie auf einen mit drei weißen Rossen bespannten Wagen zu binden und während der Fahrt zum Hochgerichte sowie während der Hinrichtung die große Glocke von Grießen zu läuten. Das geschah, und nun ging die Hexenfuhr ohne jedes Hindernis vonstatten. Außer dem Meister Melchior von Dangstetten waren auch die anderen Scharfrichter, die der Hexe Hinrichtung früher nicht hatten vollziehen können, zugegen, und auch diesmal scheiterte ihre Kunst. Statt einem Kopfe sahen sie auf dem Halse stets ihrer drei übereinanderstehen. Da ließ sich der Dangstetter sein altbewährtes Schwert reichen und zielte nach dem unteren Haupte.

Hui, wie habe das durch die Luft geblitzt! Wie sei da der Hexe schwarzlockig Haupt zu Boden gerollt!

Das ist die Überlieferung von der »Bühlemer Hex«.

Zwei Schwerteriche

Nach alten Sagen

Der Scharfrichter von Dangstetten und der von Grafenhausen sind in ihrem Fache zwei Berühmtheiten gewesen weit und breit. Es hat viele Schwertkünstler unter ihren Amtsbrüdern gegeben, aber keiner hat es ihnen gleich getan.[1] Hat der Dangstetter sein Schwert so schneidig herrichten können, daß ein Katzenhaar, so man es hat auf die Schärfe fallen lassen, entzwei geschnitten worden ist, so ist der Grafenhauser so streichsicher gewesen, daß er mit seinem Schwerte aus einer Säule aufgeschichteter Taler jeden beliebigen, den man ihm bezeichnet hat, herausgeschlagen hat, ohne daß die Säule umgefallen ist. Und wenn jener den Apfel im Wurfe mitten abeinander gespaltet hat mit seinem Schwerte, so hat dieser mit dem seinigen einem jeden, der ihm den Finger vorgehalten hat, das Schwarze vom Nagel weggehauen, ohne daß der Finger versehrt worden ist. (Ich für meinen Teil hätte ihm aber seine Kunst lieber bona fide[2] anerkannt, als daß ich sie hätte an einem meiner Finger mögen bewähren lassen.)

Es ist elbott[3] vorgekommen, daß ein armer Sünder, der hingerichtet werden sollte, durch allerhand Blend- und Zauberwerk einen Scharfrichter so in Verlegenheit gebracht hat, daß derselbe die Hinrichtung nicht vollziehen konnte. So versagte zum Beispiel die Kunst mehrerer Scharfrichter, als der »Züriheieri«, ein berüchtigter Räuber und Erzhexer, und die »Hexe von Bühl« enthauptet werden sollten. Bei letzterer sahen die Scharfrichter, als sie ihren Kopf abschlagen sollten, jedesmal drei Köpfe, entweder nebeneinander oder übereinander, so daß sie nie wußten, welchen sie abschlagen sollten. In solchen Fällen, in welchen sich andere Scharfrichter nicht zu helfen gewußt hatten, holte man stets den Dangstetter oder den Grafenhausener herbei, und die brachten dann allemal fertig, was den anderen zuvor nicht gelungen war. Namentlich der Dangstetter.

20

Als man die Hexe von Bühl wieder einmal auf den Richtplatz geführt hatte, lachte sie und rief:»Hüt g'schieht mer no kei Leid, i bi g'feit.« – Wie sie aber dann nachher den Dangstetter Scharfrichter gewahrte, hub sie an zu heulen und schrie:»O je – wa mue-ni seh. Dort stoht's Töufels Handlanger!« Als man sie an den Stuhl gebunden hatte, erblickte der Dangstetter auch wieder drei übereinanderstehende Köpfe an der Hexe. Da murmelte er einen Spruch in seine hohle Hand, steckte einen roten Ring an den Finger, ergriff sein Schwert, holte aus, zielte nach dem untersten Kopf – ein blitzender Hieb und weg flog der böse Kopf in einen Kleeacker. Sofort schoß ein Wolf aus diesem hervor, packte den Kopf und verschwand damit im Walde.

Wenn ein Scharfrichter zum Enthaupten mehr als einen Schwertstreich brauchte, galt es als eine Schande für ihn. Solches aber ist den oblauten zwei Schwertmeistern nie passiert, selbst dann nicht, wenn der betreffende Malifikant einen großen Kropf hatte.

Einmal fuhr in finsterer Nacht eine geschlossene Kutsche vor das Häuschen des Dangstetter Scharfrichters. Zwei bewaffnete Reiter begleiteten sie. Diese und auch der Kutscher hatten lange Larven vor den Gesichtern. Sie forderten den Scharfrichter unter Bedrohung seines Lebens auf, sein Schwert zu nehmen, in die Kutsche zu steigen und irgendwo eine Hinrichtung zu vollziehen. Jeder Widerstand war unnütz. Dann wurden dem Vergewaltigten die Augen verbunden, er wurde in die Kutsche gebracht, und in hellem Galopp ging's weglinks und -rechts, bergauf, bergab nach einem dem Meister unbekannten Orte. Als die Kutsche gehalten hatte, merkte er, daß ein Tor geöffnet und er in einen Hof geführt wurde. Dann durch Gänge und viele Treppen hinauf und wieder hinab. Als man ihm die Binde von den Augen nahm, sah er sich in einem großen, von Kerzen erleuchteten Kellerraum. Drei Männer mit schwarzen Masken saßen an einem schwarz gedeckten Tische. Darauf lag ein großes Buch, auf welchem ein Kruzifix und eine brennende Kerze standen. Daneben ein Totenschädel. Auf drei Stühlen saßen drei verschleierte Frauengestalten, stumm und zitternd. Neben ihnen lagen drei Särge. Dann wurde der Scharfrichter aufgefordert, an den drei dem Tode Geweihten unverzüglich die Enthauptung vorzunehmen. Einer, der ihm das Schwert von der Kutsche in den Keller nachgetragen hatte, reichte ihm dasselbe. Der Scharfrichter, glaubend, es handle sich um eine ungerechte Sache, weigerte sich, bis man ihm erklärte, er werde seine Heimat nie mehr sehen, wenn er nicht augenblicklich Folge leiste. Da bat er den Herrgott um Verzeihung, wenn er wider Willen unschuldig Blut vergießen müsse, nahm sein nie fehlendes Schwert und vollzog, was ihm befohlen war. Jetzt wurde ihm klar, warum die drei Opfer so schweigend gesessen hatten: Jeder abgeschlagene Kopf hatte einen Knebel im Mund. Man reichte dem Scharfrichter einen Labetrunk, einen Beutel Gold, verband ihm die Augen wieder und führte ihn zurück zur Kutsche. Gegen Morgen hielt dieselbe wieder vor seinem Hause. Es kam ihm vor, als sei die Rückfahrt auf einem ganz anderen Wege geschehen als die Hinfahrt. Wo er diese Hinrichtung habe vollziehen müssen, habe er nie erfahren. Er vermutete aber, es sei im Schlosse Hohenlupfen bei Stühlingen gewesen.

Ein ähnliches geheimnisvolles Abenteuer habe auch einmal der Scharfrichter von Grafenhausen erlebt.

In unserer Heimat gingen und gehen heute noch manche Sagen von diesen zwei berühmten Meistern. Die Dangstetter zeigen heute noch das Häuschen, wo der dortige daheim gewesen. Drei blutrote Kreuzlein befanden sich einst als Wahrzeichen über der Haustür. Und in Grafenhausen hat man noch bis vor kurzem das berühmte Schwert des einstig dortigen Scharfrichters sehen können: eine lange, sehr breite und spitzlose Klinge, welche beim Schwunge von der Luft getragen wurde. In der Stubenecke ein Kästlein wie ein Uhrgehäuse war die Behausung dieses unheimlichen Justizgerätes. – Wo das Richtschwert des Dangstetters hingekommen sein mag? Vielleicht in die Sammlung nach Karlsruhe. Als in den zwanziger Jahren des vorigen Jahrhunderts Schwerthinrichtungen aufgehoben wurden, mußten die Richtschwerte in die staatlichen Sammlungen abgeliefert werden. Jedoch wurden auf Antrag der Scharfrichter oder ihrer Abkömmlinge die Schwerter ihnen zu Familieneigentum überlassen. Dies war auch in Grafenhausen der Fall.

Auf manchen Richtschwertklingen waren prägnante Initialen, Arabesken,[4] Inschriften usw. eingraviert, oft recht kunstvoll. Zum Beispiel das Abzeichen des Todes: Totenkopf mit darunter sich kreuzenden Knochen. In einem österreichischen Museum habe ich einmal auf einer Richtschwertklinge den eingestochenen Lakonismus[5] gesehen: »Gute Nacht!« Auf einer anderen: »Gott sei dem armen Sünder gnädig!« und auf einer weiteren: »O Herr, gib ihm die ewige Ruhe, und das ewige Licht leuchte ihm!«

Die Entlohnung der Scharfrichter war in Anbetracht ihrer grausen Mühewaltung keine übermäßig hohe. Ein Wartegeld bezogen nur wenige von ihnen. In meinem Privatarchiv verbirgt sich schüchtern – als schäme sie sich vor dem Tageslicht unserer Zeit – eine alte Urkunde »Instrumentum in Copia. Bestallung der Scharfrichtern«, in welcher die Lohnsätze festgelegt sind, von welchen ich hier einige wörtlich wiedergebe:

»Erstl: von einer Malefiz-Person mit dem Schwert
zu richten ist der Lohn   3 Gulden
Item von einer zu verbrennen   2 Gulden
Item von einer zu rödern (rädern)
oder henken von jeder Person   4 Gulden.«

In dieser Urkunde sind dann weiter festgesetzt die Löhne für die Folterungen und die zugehörigen Nebenverrichtungen. Ein Dokument schauerlich zu lesen! Es ist, als ströme ein Brodem[6] von Blut und Leichen daraus entgegen.

Es ist also offenbar durch diesen Verdienst allein kein Scharfrichter ein Herr geworden. So arg häufig waren eben die Hinrichtungen und Folterungen nicht. Zwar brachten manche von ihnen ihr Schäflein doch ein wenig ins Trockene, denn sie betrieben oft einen einträglichen Handel mit Stricken von Gehängten (welche Glück und Wohlstand in die Häuser der Käufer bringen sollten), mit Armsünderschmalz (Mittel gegen durch Hexen hervorgerufene Krankheiten), Fläschchen mit Blut der Enthaupteten (Mittel gegen Epilepsie) usw. Das war die »gute alte Zeit«!

Die heutigen Scharfrichter amtieren leicht und einfach: Ein Druck auf einen Knopf an der Guillotine, das Fallbeil saust hernieder, und die Seele des armen Sünders steht vor dem göttlichen Richter.

1   Wenn die Sage vom Dangstetter Scharfrichter berichtet, weiß man nie, welcher von beiden gemeint ist, ob Vater oder Sohn, d. h. ob »Meister Melcher« oder »Meister Jakob«. Offenbar waren beide Virtuosen in ihrem Fach.
2   in gutem Glauben, Vertrauen
3   manchmal
4   Verzierungen, Ornamente
5   kurze und treffende Aussage
6   Dunst, Dampf

Der See im Walde

Weit weg vom Weltgetriebe liegt ein stiller See. Tannen und Erlen umdüstern ihn, und sein Wasser ist dunkel. Nur selten wird es bewegt vom Winde. Nach Sommersonnenwende, wenn das Laub im Walde sich rötet, sinkt der Wasserspiegel bis nahe zum Grunde. Dann kommen unweit des Ufers, dort, wo am dichtesten die Erlen stehen und Schwertlilien blühen, zwei auf den Seeboden gepfählte Menschengerippe zum Vorschein. Wenn die Sonne am höchsten steht, glänzt es wie Perlen auf den Gerippen, und nachts werden sie von Mond und Sternen silbersacht überleuchtet. Auf einem überhängenden Aste jubeln und schluchzen zwei Nachtigallen Lieder aus alter Zeit, von zweier Menschenkinder Leben, Lieben, Leiden; und im Walde geht leises Runenrauschen. Nach der Zeit des Laubfalls steigt die Flut und deckt die Gerippe wieder zu. Dann ist es wieder still um den See, der weit weg vom Weltgetriebe tief im Walde liegt …

Das Fluhhaldenmännli und das Fluhaldenweibli

Zwischen Oferingen und Horheim, rechts der Wutach, steht die Fluhhalde, eine hohe, schroffe, waldbedeckte Kalkfelswand. Ehedem führte die Landstraße darüber. Aber gnad' Gott dem Fuhrmann oder Wanderer, dem dortgegends das Fluhhaldenweibli begegnet ist! Des Fuhrmanns Rosse sind scheu geworden und unwirsch und haben das Fuhrwerk nimmer abstatt gebracht, es sei denn, der Fuhrmann habe einen kräftigen Gespenstersegen getan oder er habe diejenige Speiche aus dem gegdirhändigen Vorderrade geschlagen, welche der Wagner zuerst eingefügt hatte. – Dem ungesegneten Wanderer aber hat das böse Weibli Sinn und Verstand geraubt, so daß er weder Steg noch Weg mehr hat finden können und oft tage- oder nächtelang über Stock und Stein geirrt ist, bis er von irgendwo her eine Betglocke hat läuten hören.

Dagegen ist das Fluhhaldenmännli nicht so böswillig. Zwar hört man wunderselten mehr etwas von ihm. Tief im Gefelse ist es daheim. Vor vielen Jahren sei an einem Neujahrsabend der Straßenmeister über die Fluhhalde gegangen. Da sei das zwerghaftige Männli – es sei kaum eine Elle hoch und in ganz altertümlichem Gewande gewesen – aus einer Felsspalte gekrochen und habe ihm zugerufen: »Dies Jahr ein gut Jahr, 's nächst Jahr ein Blutjahr!« Darauf sei das Männli zurückgeschlüpft in den Felsen. Sein Wahrsagespruch aber habe sich erfüllt, denn selbiges Jahr habe es viel Getreide, Obst und Wein gegeben, und 's Jahr drauf sei ein grausiges Kriegen ausgebrochen.

Der Eggacker

Oben auf dem Rücken des südwestwärts ziehenden nördlichen Randenausläufers, zwischen dem Schweizerorte Trasadingen im Klettgau und dem badischen Dorfe Untereggingen im Wutachtal, liegt der Eggacker. Der Eggacker war in früherer Zeit eine verrufene Stätte, welche gerne gemieden wurde. Man erzählt, daß schon mancher, der von Trasadingen heimkehrte und arglos seines Weges zog, da oben von dem rechten Weg abgekommen und auf weiten Irrwegen herumgeführt worden sei. Dabei waren seine Augen so verblendet, daß ihm die Gegend ganz wildfremd erschien und er nicht einmal mehr wußte, wo er war. Einmal habe auch ein Mann den Weg verloren und sei bis Mitternacht über Stock und Stein geirrt. Da habe er plötzlich ein großes Feuer erblickt. Dem sei er zugelaufen, und als er näher gekommen war, habe er ganz Unheimliches gesehen. Über dem hell auflodernden Feuer stand ein großer Kessel, und drei oder vier schwarze, riesenhafte Männer mit großen Bärten und glühenden Augen tanzten dumpf singend um das Feuer herum. Ein häßliches Weib rührte mit einem Kochlöffel in dem Kessel herum, dessen Inhalt wie Blut aussah und bisweilen zischend aufschäumte. Dem Manne sträubten sich die Haare, und er floh keuchend von dannen. Manchmal soll auch den »Verführten« ein Hohngelächter entgegengeschallt haben oder sie sollen einen oder zwei Hunde mit feuerflammenden Augen, einen schwarzen Eber, eine krächzende Rabenschar oder andere gräuliche Dinge zu sehen bekommen haben. Aber wehe dem, der so ein Ungeheuer angeredet hätte!

Wenn einer heutzutage solche Abenteuer vom Eggacker erzählte, würde der Zuhörer wohl ungläubig lachend den Kopf schütteln und sagen: »Das ist jedenfalls mit ganz natürlichen Dingen zugegangen: Ihr werdet halt überm Berg drüben zu viel vom Trasadinger Roten getrunken haben. Der ist schon hie und da einem zu Kopfe gestiegen und hat ihm seine Sinne umnebelt. Der Geist, der Euch dort droben verführt hat, wird wohl heißen: Alkohol!«

Seitdem im Klettgau- und Wutachtale das Tosen und Pfeifen der Eisenbahn zu vernehmen ist und der Wein nicht immer so gut gerät, scheinen sich die alten Geister nicht mehr hervorzuwagen. Es gibt wenige Leute, die noch an Geister und Gespenster glauben. Darum werden halt die armen Geister kalkulieren: Wenn die überklugen Menschenkinder nicht mehr an uns glauben wollen, so können wir uns die Mühe auch ersparen und einfach wegbleiben.

Der Dosenhans

In der Gegend von Baltersweil lebte früher ein wohlhabender Mann, welcher später in Armut geriet. Da er ein geschickter Handwerker war, verlegte er sich auf das Herstellen von Tabaksdosen, welche großen Absatz fanden. Gewöhnlich gravierte er auf die innere Deckelfläche den Spruch:

>»Als ich glücklich war auf Erden,
>wollten Alle meine Freunde werden.
>Als ich aber kam in Not,
>waren alle meine Freunde tot.«

Der Mann war als »Dosenhans« weitum bekannt, da er in den Ortschaften seine Dosen verhausierte.

Ein Küssaburg-Unhold

Nach einer alten Sage

Es war nach der Ernte. Die Bauern droschen. Die alte spärliche Ernte war längst aufgegessen. Die letzte war besser, aber ein großer Teil davon mußte auf die Küssaburg hinauf geliefert werden.

Eines Abends ritt der Graf von Küssaburg durch ein Dorf im unteren Klettgau, gefolgt von einigen Waffenknechten. Hart am Wege war an einem Hause die Küchentüre offen. Daraus quollen dichte Schmalzdampfschwaden gegen die Straße, auf welcher der Graf ritt. Verdrießlich schwang er sich aus dem Sattel und trat in die Küche. Hier traf er die Bäuerin, welche einen Teig knetete, während auf dem Herd eine Pfanne voll Schmalz brodelte.

»Hoho, hörige Bäuerin! Was soll das bedeuten?« herrschte der Graf sie an.

»Haltet zu Gnaden, edler Herr Graf. Am morgigen Sonntag feiern wir ein wenig die Sichelhenke und da möcht ich einige Kuchen backen«, antwortete die verängstigte Bäuerin, nichts Gutes ahnend.

»Ha – das fehlt gerade noch!« schrie der Graf, »daß die hörige Bauernbrut sich erfrecht, Kuchen, welche nur auf die Herrentafel gehören, zu backen! Kuhfladen und Roßäpfel solltet ihr fressen müssen. – Warte, ich will dir noch einen Braten richten zu eurer Sichelhenke!«

Dann winkte er einen der draußen harrenden Knechte herbei. Dieser mußte der Bäuerin den einen Arm festhalten, während der Graf den anderen ergriff und ihre Hand in die Schmalzpfanne stieß und darin festhielt, bis sie gebraten war. Darauf packte er ihren anderen Arm und briet auch die andere Hand. Auf das Wehgeschrei der armen Frau eilte ihr Mann, der in der Scheuer hinten gedroschen hatte, herbei, den Dreschflegel in der Faust. Mit einem Wutgeschrei drang er auf den Grafen ein und wollte ihn niederschlagen. Allein einer der Waffenknechte riß ihn zurück, während ihm ein anderer den Morgenstern auf den Kopf schlug, daß ihm die Zacken ins Gehirn drangen. Der Mann fiel um und war alsbald tot. Hohnlachend bestieg der Graf wieder sein Roß und ritt mit seinen anderen Unholden weiter hinauf zur Küssaburg, dem festen und weitum gefürchteten Räuberhorst. Gleichzeitig mit dem erschlagenen Manne begrub man auch die ihren Qualen erlegene Frau. Ähnliche Übeltaten soll jener Graf noch manche verübt haben. Später zog er mit einem Ritterheere nach dem Morgenlande. Dort soll er in die Gefangenschaft der Sarazenen geraten sein, welche ihm beide Hände abgehauen und ihn zu Tode gemartert haben sollen. Wohl eine Sühne der tragischen Schuld.

Hohläugig wie ein Totenkopf schaut heute das gewaltige Trümmerwerk der Küssaburg von seiner waldumgrünten Höhe herab zu Tale. Ottern und Nachteulen hausen in seinen Geklüften. Und ruhelose arme Seelen sollen in den schwarzen Gemäuerresten und weit um dieselben ihr geheimnisvolles Wesen treiben. Sie werden auch sichtbar vor solchen Menschen, die an sie glauben, wie zum Beispiel das Siebenwegeweiblein auf dem Bergrückengelände hinter der Küssaburg. Wehe dem einsamen Wanderer, dem es erscheint – sei es bei Tag oder Nacht –, er kann von den sieben Wegen seinen richtigen nicht mehr unterscheiden und muß umherirren, bis vom Tale herauf eine Aveglocke erschallt.

Der Meierstegli-Mann

Zwischen Obereggingen und Untereggingen geht die Straße über den Mauchbach. (Derselbe entspringt bei Mauchen.) An der Stelle der jetzigen Steinbrücke ist ehedem ein Holzsteg gewesen, das »Meierstegli«. Seinen Namen tragen noch einige Grundstücke drum herum. Besser oben, wo jetzt der Kirchhof liegt, ergießt sich ein Bächlein in den Mauchbach. Seitwärts oben an der Berghalde, im »Abendried«, hat selbiges seinen Ursprung. Früher plätscherte es auf der Oberfläche die Halden herab. Jetzt hält es sich verborgen und rieselt unterirdisch und macht den Toten im Kirchhof ihre Ruhstatt kühl und feucht.

Seit uralten Zeiten steigt allnächtlich ein Geist aus der Quelle im Abendried. Eine hohe Greisengestalt in langem Mantel und mächtigem Lapphut. Dann wandelt er das Bächlein entlang und herab zum Mauchbach. Beim Meierstegli steigt er ins Wasser und kriecht unter das Brüggli. Dort taucht er unter und läßt die kühlen Fluten über sich herwallen. Ehe der Morgen graut, verläßt er sein Bad, schüttelt das Wasser von seinem Gewände und geht wieder in der Richtung des unterirdischen Seitenbächleins haldenauf ins Abendried, um alldorten in der Quelle zu verschwinden.

Seit ewigvielen Jahren und bis auf den heutigen Tag wollen Leute den geheimnisdüsteren Meierstegli-Mann gesehen haben, namentlich zu heiligen Zeiten. Indeß hat man noch nie gehört, daß er jemandem ein Leid angetan habe.

Auch sonstige übernatürliche Erscheinungen seien beim Meierstegli, um den Kirchhof herum und in diesem selbst schon bemerkt worden: schwarze Hunde und Katzen mit feurigen Augen, gespenstige Lichter usw. Und ein unsichtbarer Pfeifer habe schon manchen Nachtgänger in Schrecken gejagt.

Die Sage vom Meierstegli-Mann urkundet die Unsterblichkeit der altdeutschen Götterwesen.

Die rote Rose

Unermeßbar und düster weitet sich der Wald. Bestanden von allerlei Bäumen und wirrem Strauchwerk. Auf schwarzen Sümpfen tanzen oft Irrlichter. Labyrinthische Pfade winden sich durch Gehölz und Gefelse. Im Walde geht müde und hinkend ein bleiches Weib. Seine Züge sind streng, flammend sein Auge und geistvoll. Auf wogender Brust glüht eine rote Rose. Das grüne Gewand ist von Dornen zerfetzt. Gesicht und Hände zerschürft. Es wandert schon lange, lange. Ermattet sinkt es nieder bei einer Quelle neben einer hochragenden Tanne. Trinkt gierig und kühlt seine wanderwunden Füße. Setzt sich auf einen Baumstumpf, verzehrt eine Brotkruste und verliert sich im Traume.

Da steigt vor ihm ein eisgraues Männlein aus dem Erdboden. Dieses tut die Frage: »Wer bist du? Was suchst du hier?« »Man nennt mich die rote Rose. Ich suche die Burg des Menschenglücks. Jenseits dieses Waldes soll sie liegen. Jedoch ist derselbe wohl endlos. Zwar hörte ich aus weiter Ferne etwas wie ein Jubilieren.« Worauf der Zwerg: »Das war das Geheul der Holzhunde, denen du ehedem deine Wegzehrung opfertest und nun selber darbest. Die Burg des Menschenglücks liegt ganz nahe. Aber du bist aufs Irrkraut getreten und gehst letzte Wege.« »Ei, so weise« mir den rechten Weg!« »Ich bin kein Wegweiser. Der da oben!« Dabei deutet der Zwerg hinauf nach der Tanne und versinkt in der Erde. Das Weib aber erblickt oben am Tannenstamm ein Bildnis des gekreuzigten Heilandes. Das Weib sinnt und sinnt. Starrt hinaus ins Leere, ins Unendliche. Dann schüttelt es sein Haargelocke, erhebt sich und wandert weiter im düsteren Wald. Wandert weiter auf labyrinthischen Pfaden in Sonnenbrand und Sternenschein. Suchend, irrend weiter durch Sümpfe, Dorngefilz und Gefelse. Hört hin und wieder das Geheul der Wölfe. Bald ferner, bald näher.

Es steht eine uralte Eiche. Eine Morgenröte leuchtete einmal durch ihr Astwerk hernieder auf blutige Knochen, die zerstreut um den Stamm auf zerstampftem Moose lagen. Dabei Fetzen von einem Gewände. Auf einem war eingestickt ein Handzeichen – und darüber eine rote Rose.

Nächtlich zittert ein grünes Licht über den Sümpfen im Walde. Und im Winde geht durch die Wipfel ein Seufzen. Das ist die zwischen Himmel und Erde irrfahrende arme Seele…

Der Messerturm

Eine verklungene Sage

Arg berüchtigt war der Messerturm am »Hohenlupfen«, dem Stühlinger Zwingherrenschlosse. Das war ein hoher, runder Turmbau an der hinteren Burgmauer. Er hatte weder Türe noch Taglichtluken. Nur oben eine Öffnung, bedeckt von einem Fallbrett, und ein rotes Dächlein darüber. In des Turmes unterem Teile waren viele Messer rechtwinklig in die Mauer eingelassen. Menschen, welche sich gegen die Herrschaft vergangen hatten oder derselben sonst unbequem waren, wurden auf das Fallbrett gestellt. Dieses wich unter ihnen, und sie stürzten hinab in das finstere Kamin des entsetzlichen Todes.

Die Fleischstücke fielen dann hinab in den See, der unter dem Schlosse ist. Dort wurden sie von Drachen verschlungen. Was an den Messern hängenblieb, wurde von den Drachen herabgebissen. Ihrer horngeschuppten Haut konnten die scharfen Messer nichts anhaben. Mit Graus und Schaudern erzählten früher alte Leute von dem gräuslichen Messerturm am Hohenlupfen, dem Stühlinger Zwingherrenschlosse.

Herrschaftsheu

Eine Spinnstubensage

Ein Graf von Stühlingen ritt einmal mit einigen Reisigen heimwärts nach dem Schloße Hohenlupfen. Da begegnete ihnen ein Bauer mit einem hochbeladenen Heuwagen. »Wohin mit dem Heuwagen da?« donnerte der Graf. Demütig antwortete der Bauer: »Heim in meine Scheuer, gnädigster Herr Graf.« »Was – in deine Scheuer? – weißt du nicht, daß du mein Leibeigener bist und mir gehörst mit all deiner Habe? Pflichtvergessener Hund! Allsofort wendest du um und fährst das Heu hinauf zum Schlosse in die Herrschaftsscheuer!«

Der Bauer biß die Zähne zusammen und leistete Folgsame. In der Herrenscheuer droben mußte er den Schloßknechten helfen, den Wagen entladen. Und als er mit den Ochsen und dem Wagen heimfahren wollte, versperrten ihm zwei Reisige mit quer über den Weg gehaltenen Spießen den Weg, und der daneben stehende Schloßvogt schnauzte ihm entgegen: »Nur steht, leibhöriges Bäuerlein! Gespann und Wagen bleiben hier. Sie sind Eigentum des gnädigen Herrn. Das ist die gerechte Strafe dafür, weil du wider Erlaubnis des gnädigen Herrn das Heu zu deinem Eigennutz verwenden wolltest!« Da warf der Bauer ihm die Peitsche vor die Füße und sagte: »Da habt ihr die Geißel auch noch!« Darauf rannte er wütend die Schloßhalde hinunter. In Hörweite des Schlosses blieb er stehen und rief hinauf gegen das Schloß: »Ich wünsche nur, daß die Herrschaft meinen ganzen Wagen voll Heu fressen müßte!« Darauf eilte er weiter. Aber ehe er Stühlingen erreichte, hatten ihn zwei Reisige, die ihm auf seinen Wunschruf nachgeritten waren, ergriffen, ihn an einen Roßschweif gebunden und zurückgeschleift nach Hohenlupfen. Dort wurde er in ein finsteres Verlies geworfen. Jede Nahrung wurde ihm versagt. Alle Mittag öffnete sich über ihm eine eiserne Falle. Durch diese wurde jeweils ein Bündelein Heu und eine Saublatter voll Wasser zugeworfen. Und eine Stimme rief jedesmal hinunter:

»Hier hast du Herrschaftskost:
Frisches Heu und Brunnenmost!«

Der arme Mann ist irrsinnig geworden und nach kurzer Zeit Hungers gestorben. Mit einem Fluche auf den Grafen und den Schloßvogt hauchte er seine Seele aus.

Der Graf hat nicht mehr lange gelebt. In einer dunklen Sommernacht ritt er zwischen Eberfingen und Stühlingen straßaufwärts heimzu. Da lag hart an der Straße ein großer unförmiger Haufen, anzusehen wie ein schwarzes, zusammengekauertes Ungeheuer. Es war ein umgestürzter Heuwagen. Davor scheute das Roß, schoß abseits, der Reiter flog über die Straßenböschung hinab und brach das Genick.

Und der Schloßvogt ist ihm auch bald und jäh nachgestorben. Als er einmal die Gefällheufuhren bei der Schloßscheuer besah und benörgelte, geriet wie von ungefähr ein Wagen hinter seinem Rücken ins Rollen und stieß ihn um. Dabei kam er unter die Räder, welche ihm den Brustkorb zerdrückten.

Jedermann erkannte in diesen zwei Mißwenden die rächende Hand Gottes.

Im Grabe hatten beide keine Ruhe. Sonntagskinder und Fronfastenkinder – das sind solche, welche an Sonntagen oder in der Fronfastenzeit geboren wurden und welche manches Übernatürliche wahrnahmen, was anderen Sterblichen nicht beschieden ist – ließen oft verlautbaren, daß in Mitternächten der Heuetzeit der gespenstische Graf und der Vogt einen schwerbeladenen Heuwagen die steile Schloßbergstraße hinaufzogen und dabei gottserbärmlich heulten und keuchten.

Vor etwa hundert Jahren erzählte man das in den Spinnstuben beim Kienspanlicht und schauderte dabei.

Der Neugeist hat doch schon manche alte Sage und Märe zum Verklingen gebracht, vor manchen alten Geistern und Gespenstern die Türe verriegelt.

Die schwarze Gräfin

Zusammengefügte Sagenbruchstücke aus der
»Franzosenzeit« am Ende des 18. Jahrhunderts

An der Wutach liegt ein einsam Grab,
Überwuchert und schon längst vergessen.
Nur der Mond schaut noch darauf herab,
Und die Wolken es mit Tränen nässen.

Das war ein Gemetzel manchesmal
In des großen Krieges Schreckensjahren!
Einst Franzosen in dem Wutachtal,
Fochten mit ungarischen Husaren.

Vom »Fluhhaldenfelsen« bei der Nacht
Wußten die Husaren sich verwegen
Durch der stolzen Chasseur Übermacht
Sturmwindgleich talaufwärts durchzufegen.

Einem Chasseurkapitän entschwand
Ein Husar, genannt der »Feuerdrache«,
Bei dem Strauß dem Degen und verschwand.
Jener schwur ihm ritterliche Rache.

Bis vor Stühlingen zum Wiesengrund
Die tollkühnen Pußtareiter jagen,
Um noch in der frühen Morgenstund
Dort ihr luftig Lager aufzuschlagen.

Auf dem Tale liegt ein Nebelflor.
Blau-rot-weiße Federbüsche steigen
Überm Fluß urplötzlich draus hervor,
Und drei Chasseur sich den Ungarn zeigen.

Durch das Lager dröhnt ein Kampfgeschrei,
Hundert Augen, hundert Säbel blitzen.
Doch das weiße Fähnlein jener drei
Winkt zur Ruh den zornigen Bärenmützen.

Der entehrte Chasseurkapitän
Fordert auf den grimmen Feuerdrachen
In den Zweikampf jetzt mit ihm zu geh'n.
Arzt und Sekundant soll'n drüber wachen.

Der Husar schnellt auf's Araberpferd.
Wie zwei wilde Feuerflammen –
Jeder in der Faust das blanke Schwert –
Sprengen die zwei Recken kühn zusammen.

Mitten in der Wutach kreuzen sich
Östreichs und des stolzen Frankreichs Klingen,
Und im Schweizerwalde schauerlich
Widerhallt das tapfre Heldenringen.

Jetzt des Chasseurs Klinge springt entzwei –
Des Husaren List hat ihn betrogen –
Frankensohn, fahr wohl! es ist vorbei:
Halbdurchspalten sinkt er in die Wogen.

Wo eh'dem ein mächtger Eichbaum stand
Gruben Abends seine Waffenbrüder
Traurig ihm ein Grab im Ufersand –
Und die Wutach rauscht ihm Totenlieder.

Über's Jahr am Allerseelentag
Sah man auf dem Hügel des Franzosen
Ein umflortes Kreuz stehn, vor ihm lag
Hübsch ein Kranz Vergißmeinnicht mit Rosen.

Niemand wußte, wer so fein ihn wand,
Und man staunte, da man ja nur Kälte
Stets für des Barbaren Grab empfand,
Bis der alte Nachtwächter erzählte:

»Ein fremd Viergespann um Mitternacht
Kam zu mir mit tiefbehangnen Rappen.
Unheim war des Wagens düst're Pracht.
Schwarz ein Flor umrahmte Kron und Wappen.

Dringend mich der Kutscher führen hieß
Ihn zum Hügel der Franzosenleiche.
Reich beschenkt er eilig mich entließ,
Als wir angekommen bei der Eiche.

In der Nähe hinterm Weidenhag
Blieb aus Wunderfitz ich lauschend stehen.
Sah dann gleich vom offnen Wagenschlag
Langsam zwei vornehme Weibsgestalten gehen.

Eine – wohl die Zof' – drei Kerzen trug
Hin auf's Grab, samt jenem Kranz, dem großen.
Drauf das Kreuz sie in den Hügel schlug.
Seltsam fing die Wutach an zu tosen.

Einer trauernden Madonna gleich,
Die gesandt aus dunklen Ewigkeiten,
Wie der frischgefallne Schnee so bleich
Sah die andre ich zum Grabe schreiten.

Eine Wutachnixe zauberschön,
Im gespenstig schwarzen Faltenkleide
Glaubte ich im Traume dort zu sehn
Mit dem mondbeglänzten Goldgeschmeide.

Der tiefschwarzen Augen Tränenflut
Strömte nieder auf die Kieselsteine.
Die bespritzt einst von des Chasseurs Blut
Glänzten matt im Totenkerzenscheine.

Herzzerreißend Wehgeklag erklang,
Grauenhaft in einer fremden Sprache.
Wie ein Fluchschrei durch die Nacht es drang,
Als ob sie die Geister rief zur Rache.

Rasende Verzweiflung höllenwärts
Trieb die Unglückselge: Gott erbarme!
In den Fluß sprang sie in wildem Schmerz.
Doch der Kutscher rettete die Arme. –

Jäh der Wind blies aus das Kerzenlicht,
Und das fremde Fuhrwerk fuhr von dannen.«
Dieses war des Nachtwächters Bericht,
Tränen in den grauen Bart ihm rannen.

Auf dem Schloßberg lag das Abendrot,
Blutig goß es sich ins Tal hernieder,
Und von treuer Liebe bis zum Tod,
sang der Nachtwind und die Wutach Lieder.

Seitdem manches Jährlein schicksalsschwer,
Hat den Weg ins Wutachtal gefunden.
Niemals kam die fremde Gräfin mehr,
und ihr Kreuz und Kranz sind längst verschwunden.

Doch der Gnom hat ihren Fluch erhört
und die Wutach wohl zur Rach' gezwungen.
Denn alljährlich sie das Tal verheert
Und hat viele Menschen schon verschlungen.

Ratlos wanderte von Land zu Land,
Tiefverschleiert und im Trauerkleide
Sie, die »Schwarze Gräfin« nur genannt,
Grenzenlose Schmerzen im Geleite.

Einst bei Orleans in stiller Nacht
Haben aus dem Strom drei Fischerknaben
Ihren Leichnam an das Land gebracht
Und im Ufersande ihn begraben.

An der Loire liegt ihr einsam Grab,
Überwuchert und schon längst vergessen.
Nur der Mond schaut noch darauf herab
Und die Wolken es mit Tränen nässen.

II. Erzählungen

Der Krautbettjäger

Eine sagenhafte Erzählung aus dem Wutachtale

Auf einer Schwarzwaldvorlage, rechts dem Wutachtale, zwischen den Ortschaften Eberfingen, Mauchen und Eggingen liegt das »Buchenloh«. Dieses weite Hochgelände zerfällt in viele Abteilungen, welche teilweise recht absonderliche Namen führen. Eine heißt das »Krautbett«. Es gehört noch zu Obereggingen, liegt aber näher bei Mauchen. Wald und Wieswuchs bedecken jetzt diese Fläche fast ganz. Von dem vielen früheren Ackerland ist jetzt nur noch wenig mehr offen.

Warum trägt dieses hoch und weit von jeder Menschenwohnung liegende Gelände solch' einen Namen, der an Pflanzland und Garten ums Haus erinnert? Ist er ehedem durch entsprechende Umstände gerechtfertigt worden, oder ist er aus Hohn auf die einstige unwirtliche Wirklichkeit entstanden? Das weiß kein Mensch, folglich ich auch nicht.

Aber daß es dort oben – wie man hierzulande zu sagen pflegt – nicht sauber sei, das haben vor Altem die Bewohner der genannten Ortschaften geglaubt wie ein Evangelium. Und dickgläubige Leute behaupten sogar jetzt noch, daß dort oben der »Krautbettjäger« umgehe. Ein fürchterliches und boshaftes Gespenst, das schon manchem groß' Leidwesen angetan habe. Ganz früher aber, als die meisten Menschen noch besser waren, soll auch dieser Geist gut und den Menschen freundlich gesinnt gewesen sein und ihnen sogar Dienste geleistet haben, während er die Bösen belästigte und ihnen in schrecklicher Gestalt erschien.

Vor vielen Jahren vergab ein Bauer aus Obereggingen in der Ernte das Schneiden seines Getreides an eine Schnittergesellschaft aus dem Schwarzwalde. Dieselbe bestand aus einem Schnittermeister, seiner Frau, seinen Töchtern und anderen Mädchen aus seiner Gegend. Die Leute waren sehr fleißig, denn sie wollten die übernommene Arbeit bis zum Schlusse derselben Woche bewältigt haben.

Am Samstag nun kam der letzte Fruchtacker an die Reihe. Der lag auf dem Krautbett. Abends vorher erklärten die Schnitter dem Bauern, daß sie morgen noch einen strengen Arbeitstag bei ihm hätten und übermorgen wieder daheim Brot essen möchten.

»Daraus wird nichts«, meinte der Bauer, »der Krautbettacker ist größer, als ihr meint. Den vermögt ihr trotz eurer Fertigkeit im Handhaben der Sicheln in einem Tage nicht abzuschneiden. Und ehe das geschehen ist, werde ich euch nicht abziehen lassen. Zudem müßt ihr mir am Sonntag wegen der Sichelhenke[1] noch dableiben, denn ich würde mich schämen, meine Schnitter fortzuschicken, ohne daß sie an derselben teilgenommen hätten.«

Trotz dieser Vorstellungen gaben die Schnitter ihre Hoffnung nicht auf. Als am Samstag kaum der Morgen graute, wetzte Fridolin, der Schnittermeister, auf dem Krautbett droben schon die Sicheln und die Schnitter griffen die Arbeit rüstig an. Sie wären aber rascher vorwärts gekommen, wenn die Halme nicht so kreuz und quer durch- und übereinander gelegen hätten: Das Wild aus dem Walde nebenan hatte sich darin getummelt. Aber die Leute sichelten den ganzen Tag über wacker drauflos, und zum Neune-, Mittag- und Abendessen gönnten sie sich bloß die allernötigste Zeit. Der Schnittermeister machte diesmal weniger Witze als sonst. Die jungen Mädchen aber sangen hie und da ein kurzes Ernteliedchen, ohne aber die Arbeit zu unterbrechen. Alle waren guter Dinge. Als der Abend kam, lagen wohlgeordnete Sammelreihen in fast unübersehbarer Länge hinter ihnen. Allein vor ihnen stand noch ein großes Stück zum Absicheln da, und die jungen Mädchen fingen nach und nach an, am Fertigwerden zu zweifeln.

»Aber fertig muß es sein«, rief Fridolin, »und wenn's Zwölfe wird!«

Mit erneutem Eifer wurde drauflosgeschnitten. Keines der sonst so munteren Mädchen mochte mehr ein Wort reden oder einen Augenblick verschnaufen. Das Ackerende am Waldrande rückte zwar näher, aber das Halmgewirre wurde auch immer ärger. Und die Glieder der Schnitter wurden allmählich schwerer, die Rücken steifer und die Mägen erinnerten daran, daß es bald Zeit zum Nachtessen sei. Die Sicheln hatten viel von der Schärfe eingebüßt; einzelne davon waren an den Steinen ganz schartig geworden. Die Sonne war schon lange untergegangen. Die Betzeitglocken waren verhallt. Alles gemahnte dringend an den Feierabend. Weit und breit war kein Mensch mehr auf dem Felde. Nur die emsigen Schnitter wetteiferten noch miteinander in Fleiß und Ausdauer, denn sie wollten ihrem Bauern zeigen, daß das, was er gestern Abend für unmöglich hielt, von ihnen ausgeführt werden könne. Dunkler und dunkler wurde es. Wenige Sterne blinkten vom Flimmel. Die Glühwürmchen leuchteten im Grase. Helle Sternschnuppen zogen in langen Bogen, und hie und da fiel eine herunter, denn es war anfangs August. Seltsam stille war es rings umher. Nirgends regte sich ein Lüftchen oder Tierchen. Alles war Schlafen gegangen. Nur das Kreischen der Sicheln unterbrach die Stille. Die Schnitter hatten immer noch ein gutes Stück zu schneiden. Fast sahen sie die Halme nicht mehr. Die Sicheln führten sie nicht mehr sicher. Aus den von den Sichelspitzen getroffenen Steinen spritzten Feuerfunken. Die blendeten die Augen. Aussicht aufs Fertigwerden war keine mehr vorhanden.

»Jetzt ist's mir aber doch verleidet, man sieht ja fast nichts mehr, und wenn's noch finsterer wird, finden wir nicht einmal mehr den Weg ins Dorf hinunter«, sagte endlich der Schnittermeister und hielt mit der Arbeit inne.

»Freilich«, erwiderten die Mädchen, sich aufrichtend, »aber wenn wir nur fertig geworden wären!«

»Ja, das wären wir auch, wenn's mondhell wäre«, entgegnete der Fridolin.

»Wenn nur jemand käme und uns leuchten würde!« rief

lachend Röschen, das jüngste der Mädchen, während am Waldsaume drüben eine Sternschnuppe verschwand.

»Ja, das wäre recht!« stimmten scherzend einige der Jungfrauen bei.

»Müßt halt warten, bis einer kommt und euch den Willen tut, ihr jungen Gänschen!« bemerkte etwas bissig Suse, ein Mädchen älteren Jahrgangs.

Da auf einmal raschelte es im Walde drüben, wo die Sternschnuppe gefallen war. Man hörte ein kurzes Gekrächze, wie von Raben, und ein matter Lichtschein brach durch das Gebüsch. Der Schimmer kam auf dem Boden langsam daher und gerade auf die Schnitter zu.

Die Mädchen fürchteten sich und sagten: »Wir wollen fort!«

»Dageblieben!« befahl der Schnittermeister, »was da kommt, wird uns nicht umbringen, 's wird kein böser Geist sein, und wenn's ein solcher wäre, kämen wir gerade in seine Gewalt, wenn wir flüchteten.«

Die Furchtsamsten zitterten und stellten sich ganz nahe zu ihrem Meister hin; die Suse am nächsten.

Merkwürdig! Je näher der lange und schmale Schein kam, der immer heller und doch immer milder wurde, desto weniger fürchteten sich nun die Schnitter. Und der Schein kam von einer dunklen nebelhaften Gestalt, an welcher kleine Punkte glitzerten und welche sich, nach und nach die Umrisse eines großen Menschenkörpers zeigend, den Leuten näherte. Endlich erkannten letztere einen Mann in grioblauem Mantel, an welchem güldene Sternlein glänzten. Zwei große weiße Hunde sprangen vor ihm her und auf die Schnitter zu, umkreisten sie und wedelten fröhlich mit den Schweifen. Keines der Mädchen fürchtete sich vor ihnen. Der geheimnisvolle Mann stand nicht weit vor ihnen still. Das von ihm ausstrahlende Licht gab ihnen so hell wie Mondschein. Auf der Erde hinter ihnen dehnte sich der Schein weit, weit in die Länge, wurde aber mit der Entfernung immer breiter und matter wie der Schweif eines Kometensternes und ging in

der Ferne allmählich über in die Schatten der Nacht. Die Leute betrachteten den wunderbaren Mann erstaunt, aber – als hätte er's ihnen angetan – ohne jegliche Furcht. Nur die Suse zitterte ein wenig. Es war ein ehrwürdiger Greis mit wallendem strohgelbem Haare und Barte. Er hatte ein freundlich-ernstes Gesicht, und sein dunkler Schlapphut hing ihm tief in die Stirne und über ein Auge herunter. Hinter dem grünen Hutbande steckten ringsum goldene Ähren, und zwischen diesen guckten Kornblumen hervor. Eine lange, sichelförmige Hahnenfeder wiegte sich über der Ährenkrone. Blau und freundlich wie eine Kornblume war auch sein Auge. In der Rechten, an welcher eine goldene Spange glänzte, hielt er einen langen Stab, worauf ebenfalls ein Büschel gelbreife Ähren mit Kornblumen saß, und aus diesem blitzte etwas wie ein Spießeisen.

Die Schnitter standen dem Geheimnisvollen eine Weile sprachlos gegenüber. Endlich brach dieser das Schweigen und sprach in tiefem, wohlklingendem Tone:

»Man ist noch spät da oben!«

»Ja«, entgegnete ein wenig zögernd der Schnittmeister, »wir haben diese Frucht da gar abschneiden wollen, aber es ist uns zu finster geworden.«

»Nur wieder angefangen«, ermunterte der Wundermann, »ich will hell machen, bis man fertig ist!«

»Also vorwärts in Gottes Namen!« ermunterte der beherzte Fridolin seine Schnitter.

Und von neuem begann jetzt das Schneiden und Mädern. Seltsam blinkten im hellen Lichtkreis des wunderbaren Mannes die Sicheln. Letztere waren wieder so scharf, als ob sie frisch gedengelt wären, und die Halme schienen sich von selbst in dieselben zu fügen, so wirr sie auch durcheinander waren. Sternschnuppen fielen jetzt ungemein dicht, seit der Lichtmann da war. Auch die Glühwürmchen leuchteten nun in großer Menge und viel heller als sonst. Die Tautropfen glitzerten wie Diamanten. Es war eine wundersame, traumartige Nacht.

Der Lichtschimmer, den der Sternenmann über den Akker gleiten ließ und in welchem die Schnitter arbeiteten, näherte sich zusehends dem Ackerende, obschon der Mann ruhig stehen blieb. Und in gleichem Maße wie der Lichtschein auf dem Boden vorwärts drang, rückte auch die Arbeit der Schnitter vor. Dieselbe kam sie außerordentlich leicht an, und es war ihnen so frisch und wohl zu Mute, wie am frühen Morgen. Nur die sonst so geschwätzige Suse war mißvergnügt. Sie klagte über Müdigkeit und Rückenweh. Auch murrte sie, sie sehe nichts und ritze sich mit ihrer schartigen Sichel in die Finger. Sie vermochte fast nichts mehr zu leisten; obwohl sie sonst eine gute Schnitterin war.

Ehe die munteren Schnitter auch nur daran dachten, hatten sie schon die Ackergrenze erreicht und die letzten Halme zusammengelesen. Wie sie fertig waren, stieß der Fridolin einen kräftigen Juchzer aus, welcher laut im Walde widerhallte. Auch die jungen Mädchen wollten in laute Freude ausbrechen; wie sie sich aber umwendeten und ihre Blicke wieder auf den sternfunkelnden Mann im Mantel fielen, zu dessen Füßen die Hunde zu schlafen schienen, unterdrückten sie ihren Jubel. Ohne Angst, aber doch gelinde schaudernd, standen nun die Schnitter mehrere Augenblicke unentschlossen da. In der Ferne ertönten elf dumpfe Glockenschläge. Da rief der Lichtmann mit seiner eigentümlich tiefen, klaren Stimme den Leuten zu:

»Jetzt aber fort, es ist hohe Zeit!«

Dankerfüllten Herzens traten die Schnitter den Heimweg an und schritten nicht ohne Zagen an dem Sternenmann vorüber, während Fridolin ihm einige Dankesworte zuflüsterte. Da seufzte der Alte tief auf und sprach:

»Ich begehre keinen Dank; würde man nur noch an mich glauben und mich lieben!« –

Die Schnitter verstanden den Sinn dieser Worte nicht. Der Lichtschein aber erleuchtete nun den Schnittern den Weg. Als sie auf Wurfweite von dem Manne entfernt waren, hörten sie ihn noch rufen:

»Man hüte sich vor dem Zurückschauen!«

Das nahmen sich die Schnitter zu Herzen und zogen auf dem lichten Wege wohlgemut fürbaß. Noch immer fielen Sternschnuppen und glimmten Lichtwürmlein, aber je weiter sie kamen, desto weniger. Die Frau des Schnittermeisters, die Lise, die Neugierige, konnte es sich nicht versagen, einmal hinter sich zu gucken. Auf dem Krautbett stand es wie ein großer Stern im Feld. Aber wie sie das wahrnahm, da flog etwas krächzend an ihr vorüber und schlug ihr klatschend ins Gesicht. Sie schrie laut auf, und auch die anderen Schnitter erschraken. Es war eine währschafte Ohrfeige; eine wertbeständige, würde man heute sagen.

Je mehr sich die Gesellschaft dem Dorfe näherte, desto breiter und bleicher wurde die Lichtbahn, worauf sie gingen, bis sie sich vor den ersten Häusern ganz verlor. Nicht ohne Beschwerde fanden sie in der Dunkelheit das Gehöft ihres Bauern. Die Haustüre war verschlossen. Erst nach wiederholtem Klopfen öffnete der Bauer schlaftrunken das Fenster über der Haustüre, bekreuzte sich und rief, was denn da unten los sei?

Die Schnitter gaben sich zu erkennen und sagten, daß sie von seinem Acker kommen, dessen Frucht jetzt bis zum letzten Halm abgeschnitten liege.

»Macht das einem anderen weis«, sagte ein wenig heftig der Bauer; »das ist nicht möglich, besonders da es so kuhfinster ist! Wie spät ist es denn?«

»Halb Zwölfe wird's sein!« antwortete der Schnittermeister, »macht jetzt nur auf! Wir wollen euch dann erzählen, wie's uns gegangen ist und warum wir fertig geworden sind. Ihr werdet Wunder hören!«

Der Bauer zündete eine Ampel an, eilte die Treppe herunter, zog den schweren Holzriegel an der Türe zurück, öffnete dieselbe und empfing die Leute mit einem »Gelobt sei Jesus Christ!«

»In Ewigkeit!« gaben die Schnitter einstimmig zurück, und der Bauer ging mit seiner Ampel den Schnittern voran die Stiege hinauf und öffnete die Stubentüre.

»Kommt jetzt nur in die Stube zum Nachtessen«, sagte er, »ihr werdet wohl Hunger haben. Das Essen ist im Ofenloch und noch warm. Holt es nur selber hervor. Und die Löffel sind in der Tischlade. Ich will derweil in den Keller gehen und einen Krug voll Most holen. Dann müßt ihr mir aber genau erzählen, wie es auf dem Krautbett oben gegangen ist. Ich merke etwas! Es ist ja morgen Sonntag, und wir können ausschlafen.«

Während die Leute sich an der fetten Mehlsuppe und Kartoffeln labten, erschien der Bauer mit einem weitbauchigen Kruge in der Hand, stellte ihn auf den Tisch, holte die Lederbecher herbei und schenkte einen köstlich duftenden Birnensaft ein. Darauf setzte er sich zu ihnen an den Tisch, forderte sie auf zum Gsenggottanstoß und frug sie, was ihnen denn begegnet sei und warum die Lise eine so gerötete und zerkratzte Wange habe?

Während die Schnitter dem vortrefflichen Safte weidlich zusprachen, erzählten sie dem Bauern ihr seltsames Abenteuer vom Anfang bis zum Ende. Der gute Trank machte sie fröhlich und gesprächig. Mit wachsendem Erstaunen hörte der Bauer die Erzählung der Schnitter an. Anfangs mit Entsetzen; als er aber vernahm, wie wohlwollend und dienstgefällig sich der Krautbettmann gegen sie verhalten habe, war er voller Verwunderung. Als der Fridolin, denn der war der Wortführer, seine Erzählung schloß, hub der Bauer an: »Potzdunderwillen!« –

»O ihr glücklichen Leute! Ihr wißt gar nicht, wie wohl ihr daran gewesen seid bei dem furchtbaren Gespenste. Ihr müßt sehr rechtschaffene Menschen sein, sonst wär's euch jedenfalls anders gegangen. Und die jungen Mädchen da sind reine Jungfrauen, das ist jetzt offenbar.«

»Die Suse aber«, redete er weiter und drohte ihr zwischen Spaß und Ernst mit dem Zeigefinger, »wird jetzt vielleicht wohl merken, warum es ihr nicht ergangen ist wie den andern. Der Fridolin und die Lise – die zwei sind halt verheiratet.«

DER BAUER

Suse wurde feuerrot, und einige der Mädchen stießen sich mit den Ellenbogen an, ein Lachen unterdrückend.

Der Bauer aber nahm jetzt Stein, Stahl und Schwamm, zündete seine großmächtige Wassersackpfeife an und begann wieder:

»Diesen Feldgeist, mit dem ihr zu tun gehabt, heißt man nur den Krautbettjäger, weil er gewöhnlich in Jägertracht erscheint. Er kann sich aber in allerlei Gestalten verwandeln. Er muß schon ewig lange dort oben hausen. Meine Großmutter selig hat uns Kindern manchmal Sachen von ihm erzählt, welche schon ihre Großmutter von alten Leuten sagen hörte. Es ist aber wunderselten, daß er sich einmal in guter Gestalt zeigt. Vor allem soll er braven Leuten hie und da in solcher erschienen sein. Ich selber habe ihn – Gottlob! – noch nie gesehen. Man sieht ihn am häufigsten an Mittwochen und in heiligen Zeiten. Die ihn genau zu sehen bekommen, vergessen die grausige Erscheinung ihr Lebtag nimmer. – Der Klaus, mein alter Roßknecht selig, hat ihn kurz vor seinem Tode gesehen, als er im Krautbettwalde droben Weiden zum Garbebinden schnitt: ein langer dürrer Mann; schwarz von Haut und Haaren, mit großen feurigen Augen, langem Bart und Haaren und mit Roßfüßen. Er trug ein grün Gewand, und an der einen Seite hatte er einen Hirschfänger, an der anderen eine fuchspelzene Jagdtasche und am Buckel ein Pulvergewehr. Den Kopf bedeckte ein großer Labehut mit grünem Bande und einer langen Feder. Er hatte einen großen schwarzen Hund bei sich. Der hatte Augen fast so groß als der Mond und einen zottigen Schwanz, so lang und breit wie ein Fruchtsack. So stand der Jäger plötzlich wie aus dem Boden gewachsen vor ihm. Vor Angst ließ der Klaus sein Hackenmesser fallen und lief so schnell, als er nur konnte, davon. Sieben Stunden lang irrte der Arme in Wald und Feld umher und fand den Weg erst wieder, nachdem er vor einem Feldkreuze inbrünstig den englischen Gruß gebetet hatte. Als er heimkam, war er ganz verstört, verweigerte Essen und Trinken und ging ins Bett. Am andern Morgen la-

53

gen die Weiden, welche er auf dem Krautbett geschnitten und liegen gelassen hatte, vor der Haustüre unter der Dachtraufe; oben drauf das Hackenmesser. Den unglücklichen Roßklaus aber hat ein Schlag getroffen, und nach neun Tagen ist er gestorben. Tröst' ihn Gott!« – Den Schnittern rieselte es eiskalt über den Rücken, als sie diese Geschichte hörten. Der Sinn kam ihnen erst wieder ans Trinken, als sie der Bauer dazu ermunterte und die halbleeren Gläser wieder auffüllte. Der Erzähler schien Gefallen daran zu haben, daß die Zuhörer eine Gänsehaut überlief, und dicke Rauchwolken von sich blasend, begann er wieder:

»Und so, wie der Jäger dem Klaus erschienen ist, hat er sich schon vielen gezeigt. Vor ganz alten Zeiten aber soll er auch als Reiter auf einem grauen Rosse, und mit Spieß und Schwert bewaffnet, gesehen worden sein. Einmal hatte ich auf dem Krautbettacker fremde Taglöhner zum Erdäpfelhäufeln. Es waren ihrer sieben. Die Leute waren nicht vom besten Schlag: Die Mannsleute tranken lieber Schnaps, und die Weibsleute schwatzten lieber, als daß sie schafften. Und sie sollen, wie man mir gesagt hat, oft stundenlang beieinander gestanden sein, um die Leute durchzuhecheln. An den Abenden wollten sie dann geschwind noch einen Teil von dem, was sie tagsüber versäumt hatten, nachholen, und einst blieben sie droben bis Betzeit. Als sie dann heimkehrten und am Waldtrauf vorbeikamen, da flogen auf einmal große Steine und Erdschollen über sie her, an ihnen vorüber, zwischen ihnen hindurch und so schnell aufeinander, wie wenn die Würfe von vielen Händen geschleudert würden. Die Weibsleute schalten und die Männer fluchten. Im Walde aber war kein Mensch zu bemerken. Sie verloren dann noch den Weg und fanden ihn erst wieder, als ein Bub von zwölf bis vierzehn Jahren sie wies. Dieser war nämlich auf dem Heimweg vom Dokter, den er für sein krankes Schwesterlein bestellte. Die Leute legten aber diesen Vorgängen keine weitere Bedeutung bei. Weil einige junge, leichtfertige Mädchen unter ihnen waren, glaubten sie, ein paar lose Buben seien im Walde

versteckt gewesen und haben sie ängstigen wollen. Sie wußten eben nicht, daß schon viele vor ihnen durch solche geheimnisvolle Würfe, die indes noch niemanden beschädig-
ten, gescheucht wurden. Und den Weg meinten sie nur deshalb verloren zu haben, weil es schon dunkel war. Ich ließ sie
in diesem Glauben.

Andern Tags gingen sie wieder hinauf. Sie versprachen,
bis zum Abend fertig zu machen, und es war ihnen jedenfalls
ernst damit, denn ich hatte ihnen für diesen Fall ein Trink-
geld in Aussicht gestellt. Sie mochten etwa zwei Stunden ge-
arbeitet haben, als sie plötzlich von einer donnerähnlichen
Stimme angefahren wurden: Fleißig! Fleißig! Fleißig! Er-
schreckt richteten sich die Erdäpfler auf, und wie aus dem
Boden gestiegen stand wenige Schritte vor ihnen der Jäger,
und zwar in seiner schrecklichen Gestalt: auf dem Kopfe hatte er Hörner. Anfangs war es nur ein geringes Männlein, vor
dem sie Reißaus nehmen wollten. Aber, o weh! Ihre Füße
schienen von der Erde festgehalten zu werden. Und so mußten sie dann mit Entsetzen zusehen, wie das Jägerlein vor ihnen immer länger und dicker wurde und ihnen abscheuliche
Gesichter schnitt.

Mit einem Pfiffe, der durch Mark und Bein hindurch
ging, rief er seinen brandschwarzen Hund aus dem Walde.
Der hatte ungemein große feurige Augen und in seinem rauchenden Rachen einen Totenschädel. Dieser Unhold jagte in
einem fort um die fast verzitternden Taglöhner herum, während der Jäger zum ungeheuren Riesen aufwuchs und immer
höllenhafter wurde. Man kann sich denken, daß den Leuten
das Blut in den Adern erstarrte. Da fiel es endlich, und zum
Glücke, einem der Weiber ein, die heiligen drei höchsten Namen anzurufen und im Herzen eine Wallfahrt nach Todt-
moos zu geloben. Sofort sprang der wüste Hund auf den Jäger zu, und beide lösten sich auf in eine Nebelsäule, die einen
erstickenden Schwefelgeruch verbreitete und langsam in den
Boden sank. Der Bann war jetzt von den Leuten gewichen,
und sie eilten von dannen. Sie sahen aber keine Wege und irr-

ten lange Zeit über Wald und Ackerfeld, bis sie einem Waldbruder begegneten. Der gab ihnen den Segen und brachte sie auf eine Straße. – Diese Leute hätte ich aber um alles in der Welt nicht mehr auf das Krautbett hinauf bereden können.« Jetzt mußte der Bauer ausschnaufen. Die Lebhaftigkeit, womit er seine Schauergeschichte zum Besten gab, hatte ihn außer Atem gebracht. Die Zuhörer aber waren sehr ängstlich geworden. Das tat dem Bauern wohl. Er schenkte die Becher wieder voll und fuhr fort:

»Und so gibt es noch viele Beispiele von dem bösen Krautbettjäger, und es wird wohl noch manches geben. Denn ich glaube, daß er nie aufhören wird zu geistern. Um Mitternacht sieht man auch oft ein großes Feuer droben lodern, und bisweilen hört man ein jämmerliches Wehgeheul. Das Krautbett, und überhaupt das ganze Buchenloch, ist darum recht verrufen, und niemand hat gern droben zu schaffen. Wenn jemand am Morgen vergaß, sein Morgengebet zu tun und Weihwasser zu nehmen, über den hat der Krautbettjäger, wie alle bösen Geister, den ganzen Tag Macht. Diese Geister verführen gerne ungeweihte und gottlose Menschen, und diese müssen dann allemal über Stock und Stein, durch Busch und Dorn irren und können weder Steg noch Weg mehr finden. Erst wenn eine Kirchenglocke läutet oder wenn ihnen ein unschuldiges Kind begegnet, können sie wieder zurecht kommen. Betet aber jemand gleich, wenn er so etwas Gespenstiges gewahr wird, das Johannisevangelium oder spricht, wie jene Frau, die drei höchsten Namen aus, auch wenn man die Schuhe wechselt oder wenn ein Weibsbild die Schürzenzipfle kreuzweise aufhebt, dann verlieren die bösen Geister ihre Gewalt.

Zum Hohnärger der Oberegginger zeigt sich ihnen der Krautbettjäger auch mit einem Fuchsgesicht und einem langewigen Fuchswadel, weil man die Obereggingen als »Füchse« spitznamset, wie die Untereggingen als Blindschleichen. Ich muß auch da zwischenhinein erzählen, warum. Stoßt an und trinkt aus! G'sundheit!

Also: Im Bauernkriege bildeten die Oberegginger und Unteregginger wehrhaften Mannen miteinand auch eine Kriegerrotte und zogen mit dem Bauernhaufen Hans Müller von Bulgenbachs vor die Ritterburgen, um diese zu brechen und die Herren auszurotten. Diese Kriegsrotte bestand zumeist aus Jägern und Jöslern. Die Oberegginger Kriegsmannen trugen Mäntel aus Fuchsbälgen. Auch sonst waren sie listig und im Kampfe verwegen wie die Füchse. Von den Untereggingern aber luden ihrer etliche Blindschleichen zum »Kraut und Lot« (d. h. zum Pulver und Blei) in ihre Donnerbüchsen, weil in alter Zeit die Wildschützen glaubten, mit einer Büchse, in welche eine Blindschleiche geladen sei, könne man das Ziel nie verfehlen. Jedoch vor dem Herrenkriegsvolk konnten weder die Oberegginger Fuchslist noch die Unteregginger Blindschleichenschüsse viel ausrichten. Aber die Spitznamen »Füchse« und »Blindschleichen« bleiben den Bewohnern der Orte bis auf den heutigen Tag. Und wie der Krautbettjäger die Oberegginger oft mit seiner Fuchsgestalt neckt und schreckt, so ärgert und ängstigt der Basler manchmal in ähnlich treffender Weise die Unteregginger. Unter den vielen Gespenstern, die in unserer Gegend hausen und umgehen, ist der Basler das schlimmste. Da ist unser Krautbettjäger noch ein Schaf dagegen. Der Basler geistert auf dem Unteregginger Berg drüben, über welchen man ins Steinachtal hinüber geht. Besonders auf den »Basler Äckern«. Vornen ist er Mensch und hinten Roß. Und dieser Roßmensch oder Menschenroß hat zum Hohn und Ärger der Unteregginger einen Schweif, an welchem statt der Haare lauter Blindschleichen sind, die gräßlich durcheinander wimmeln. Graushaft anzusehen!

Wenn ihr das hört, was ich euch jetzt vom Basler erzählen will, dann werden euch erst recht die Haare zu Berge stehen. Also der Basler – «

Aber nun baten die Schnittermädchen, er solle doch mit seinen grausigen Geschichten aufhören, denn sie wüßten sich schon vor Angst und Furcht nicht mehr zu helfen. Ihr heutiges Erlebnis mit dem Krautbettjäger hätten sie über seinen fürchterlichen Erzählungen fast vergessen, und sie fangen jetzt auch an, ihn zu fürchten. Er habe aber das wahrlich nicht um sie verdient. Jetzt getrauen sie sich fast nicht einmal mehr ins Bett, und sie würden jetzt von bösen Träumen gequält werden. Der Schnittermeister gab den Mädchen Beifall und sagte, es sei jetzt ohnehin Zeit ins Bett zu gehen.

Der Bauer sah nach der alten Schwarzwälderuhr und sagte: »Ja, es ist schon bald halber Zwei. Trinkt denn die Becher aus und geht meinetwegen. Am Morgen könnt ihr ruhig liegen bleiben, bis es in die Kirche läutet.«

Sie tranken aus und erhoben sich von ihren Sitzen, während der Fridolin entgegnete:

»Ja, in die Kirche gehen wir natürlich. Sorgt aber auch dafür, daß wir zu Mittag essen können, wenn's aus ist, denn wir haben gar weit heim.«

»Aus sellem wird nichts!« rief lachend der Bauer, indem er auch vom Stuhle aufstand, »was glaubt ihr denn?! Wenn die Kirche aus ist, geht die Sichelhenke an, und da muß es recht lustig hergehen. Vorher gebe ich euch einfach den Lohn nicht, sonst könntet ihr mir fortwitschen! Und wißt ihr was? Gegen Abend spanne ich dann die Rosse vor's Bauernwägele und führe euch in euere Heimat. So ein braves Geschnitt, so ein fleißiges, habe ich meiner Lebtag noch nie gehabt, da sind meine Ehehalten noch Harzzäpfen dagegen. Wenn euch selbst ein böser Geist gut sein mußte, kann euch ein guter Mensch, wie ich einer bin, auch nicht anders sein!«

»Gut, es bleibt dabei!« jubelten die Schnitter. »Aber ihr dürft uns morgen keine so grausigen Geschichten mehr erzählen. Nicht wahr?« sagten die jungen Mädchen.

»Ja: wenn's euch keine Freude macht, laß ich's schon gelten«, sprach der Bauer; »ihr habt's nicht, wie viele andere Leute. Es gibt solche, die wegen den Geistergeschichten, die ich zu erzählen weiß, und die aber alle wahr sind, mich besuchen, und je ärger denn diese Leute durchschaudert werden, desto mehr gefallen ihnen meine Geschichten.«

Der Schnittermeister lachte auf.

»Ich für meinen Teil hab's nicht ungern gehört, was Ihr diesen Abend erzählt habt«, erklärte die Suse.

»Und ich auch nicht!« unterstützte sie die Lise mit ihrem verschürften roten Backen.

»Ihr seid halt schon ein wenig ältere Leute, die mehr erlebt haben und mehr ertragen können als diese jungen Dinger da«, erwiderte der Bauer lächelnd.

Dann gab er der Lise einen Wink, nahm sie am Arm und führte sie in den Stubenwinkel. Dort fuhr er mit dem Zeigefinger über ihre Wange und murmelte einen Heilsegen dazu.

»So«, sagte er darauf, »jetzt wird's bald heil sein. Was von einem Gespenst herrührt, kann sonst leicht Schaden nehmen.«

Dann trat er an den Tisch, räumte ihn ab und zündete den Schnittern die Unschlittkerzen an, damit sie in ihre Kammern gehen konnten.

»Vergelts Gott für's Essen und Trinken und schlafet wohl«, sagten sie zu den Bauern, als sie sich der Türe näherten.

»Wenn's Gott's Will' ist, ihr auch!« entgegenete der Bauer.

Die Schnitter tauchten ihre Zeigefinger ins Kesselchen am Türpfosten, besprengten ihre Gesichter mit Weihwasser und sagten: »Gelobt sei Jesus Christ«, worauf der Bauer erwiderte: »In Ewigkeit, Amen!«

1 Mit »Sichelhenke« oder »Sichelleg« bezeichnet man in dieser Gegend das Erntefestmahl.

Der Hufwilm

Die Alten sagten: Wenn ein Hochzeiter oder eine Hochzeiterin morgens vor Betzeit oder abends nach Betzeit aus dem Haus geht, sind sie den bösen Geistern verfallen und dem Vogel in der Luft frei.

In den sechziger Jahren des achtzehnten Jahrhunderts, als hierzulande noch ein guter Wein gedieh, da kehrte einmal ein Bauernsohn von Rassbach im Steinachtale um Mitternacht aus dem Wutachtale heimzu. Er war Hochzeiter und ein bißchen weinwirsch.

Im Zwielicht des Mondes kam ihm alles, was er sah, so geheimnisartig und wundergestaltig vor. Allerhand für Gedanken krochen in seinem Kopf durcheinander. Auf so einsamen Nachtwegen Hochzeiter zu sein, ist halt doch etwas Gewagtes, Unheimliches. Zwar gehörte er ja zu denen, die eigentlich keinen Teufel fürchten, meinte er so für sich hin und zog traumverloren vorwärts.

Droben auf dem Berg aber stand mitten im Wege ein fremder Jägersmann. Als er diesem die Zeit gewünscht hatte und dann an ihm vorüber wollte, vertrat ihm der den Weg und sagte, er sei ein reicher Herr, der nur daher gekommen sei, um ihn auf seiner Lebtag glücklich zu machen, so er ihm die Kinder aus seiner Ehe zueignen möchte. Der Bursche wollte nichts davon wissen und seines Weges gehen. Allein der Jägersmann hielt ihn zurück und machte ihm immer verlockendere Versprechungen mit Geld und Gut und allem Erdenglück. Vergeblich. Dann fing er um die Zahl der Kinder zu feilschen an. Er verlangte nach und nach deren weniger: die Hälfte, den dritten, vierten Teil; dann noch zwei, eines. Der Belästigte blieb unerschütterlich. Nun verlegte sich der unheimliche Patron aufs Drohen. Er werde alles Unheil, alle Weltschrecken über ihn und sein Haus beschwören, wenn er nicht nachgebe. Auch das verfing nicht, denn der Hochzeiter merkte wohl, mit wem er es zu tun hatte, und so wollte er sich von dem Quäler, der ihn am Rockflügel hielt, losmachen und davoneilen.

Da packte ihn der Unhold am Kragen und schleppte ihn in den nahen Wald hinein. Dort nötigte und bedrohte er ihn erst recht. Wo er auf den Boden trat, hinterließ er Abdrücke von Roßfüßen. Der Arme sträubte sich gewaltig unter den eisernen Griffen des Schrecklichen. »So vermache mir wenigstens dein zwölftes Kind, oder ich nehme dich gleich mit Leib und Seele mit mir!« brüllte der Böse und fuhr mit ihm in die Waldwipfel, so daß sie frei in der Luft schwebten.

Der Hochzeiter, zu Tode geängstigt, sagte ihm endlich das zwölfte Kind zu, weil er meinte, er werde mit so einem selten reichen Kindersegen wohl nicht bedacht werden.

Jetzt jubelte der Satan auf und senkte sich mit seinem Opfer triumphierend wieder herab auf die Erde. Kaum hatten sie festen Boden, da verabschiedete sich der höllische Jägersmann mit ausgesuchter Höflichkeit und Freundlichkeit, zog noch einen großen Beutel unter dem grünen Wams hervor und ließ ihn klingend dem Hochzeiter vor die Füße fallen. Darauf verschwand er geräuschlos im Tannicht.

Der junge Bauer atmete auf. Den Beutel ließ er unberührt liegen. Höllisch Gut wollte er nie und nimmer besitzen. Halb besinnungslos suchte er den Weg wieder und kam bald – er wußte selbst nicht wie – nach Hause, mehr tot als lebendig.

Jahre kamen und vergingen. Der Bauer hatte Glück und vielen Segen im Ehestand, und der Pfarrer von Untermettingen taufte ihm jedes Jahr ein Kind, bald ein Büblein, bald auch ein Mägdlein.

Trotz alledem wurde der Mann von Jahr zu Jahr stiller und nachdenklicher.

Und als ihm einst wieder – es war genau das zwölftemal – das Weib sagte, sie habe den Storch wiederum übers Hausdach fliegen sehen, da erschrak er sehr. Was seit zwölf Jahren und alle Jahre schwerer sein Herz bedrückte und was er noch keinem Menschen offenbart hatte, gestand er jetzt jammernd und händeringend seiner Frau. Mit Todesschrecken, an allen Gliedern zitternd, vernahm diese die Kunde von jenem Abenteuer, in welchem der Teufel mit seinen grausigen Roßfüßen ihrem Manne das unheilvolle Versprechen abgenötigt hatte. Da hatten sie denn beide des Jammerns und Wehklagens übergenug. Denn daß sich der Böse zur rechten Zeit einfinden und das ihm vermachte Kind abholen werde, das war ja unzweifelhaft.

Da wandten sich die betrübten Eheleute an den Pfarrer zu Untermettingen, einen gottseligen Mann. Der empfahl ihnen vor allem ein festes Vertrauen zu Gott und der heiligen Jungfrau.

Wie es nun eines Tages so weit war, daß der Bauer die Hebamme holen mußte, da erzählte diese, wie sie abends in die Stube trat, sie habe draußen vor dem Hause einen Jäger erblickt, welchem sie ein »G'lobt-s-Jesus Christ« gesagt habe. Er müsse aber den Gruß nicht gehört haben, denn er habe ihn nicht erwidert, sondern sei um die Ecke verschwunden. Diese Nachricht trieb dem Manne den Angstschweiß auf die Stirne, und die Frau im Bette zitterte.

Da läuft der Bauer in seiner Herzensangst schnell zum Pfarrer und bittet so eindringlich, als gälte es sein eigen Leben, der Pfarrer möchte gleich zum Taufen herüberkommen. Und wie der alte Herr nicht gleich kommen will und sagt, wenn es wieder ein kräftig Büblein sei wie das letztemal, da könnte man mit der Taufe wohl warten bis zu gelegener Zeit, da berichtet er die ganze Geschichte, die er vor Jahren mit dem Teufel gehabt hatte. Wie nun der Pfarrer die Angst und Not des Bauern sieht, da erhebt er sich allsogleich, um dem Kindlein das heilige Sakrament zu spenden. Da frohlockt der Bauer und denkt, wenn das Kind gleich getauft wird, dann hat der Böse keine Macht mehr.

Die Uhr schlug Mitternacht. Da hub draußen ein Wind an zu tosen und zu pfeifen.

Es war soeben ein Kindlein zur Welt gekommen. Das schrie gar laut und helle, als es der Pfarrer mit dem Taufwasser übergoß.

Während dem tobte und raste der Sturm ums Haus, fürchterlich, als wollte er alles über den Haufen stürzen. Das Kienspanlicht erlosch davon, aber die geweihte Kerze, die der Bauer angezündet, brannte ruhig weiter. Und im Kamin gellte ein gräßliches Wutgeheul, Mark und Bein durchdringend. Der Pfarrer trug den Leuten noch auf, das neugeborene Knäblein Gottes Schutz zu befehlen und es zu einem rechten Christenmenschen zu erziehen. Jähe Freude drang nun in die Herzen. »Es ist ein starker Bub«, sagte die Hebamme, »aber er hat Roßfüße, da sehet!«

Das war nun freilich wieder arg. Aber das muntere Büblein war den von schweren Kümmernissen befreiten Eltern auch so lieb und willkommen.

Und der greise Pfarrherr richtete noch an die Eltern die Mahnung: »Nun es einmal so ist, dürft ihr nicht mit der Vorsehung hadern. Den Nachstellungen des Bösen wird der Bub auch fernerhin ausgesetzt bleiben, wie wir alle. Erzieht ihn in Christo. Dann wird er allezeit gesichert sein und nie vom bösen Geist überwältigt werden und wird auch mit seinen Klumpfüßen rechtschaffen und frohgemut durch dieses Leben gehen und dereinst die Himmelsleiter hinaufsteigen können. Für jetzt ist er geweiht und gefeit. Lasset uns jetzt noch ein Dankgebet verrichten!«

Und sie knieten nieder und beteten den freudenreichen Rosenkranz, und die frohe Mutter im Bette tat wacker mit.

Als die güldene Morgensonne wunderfitzig durchs Fenster in die Kammer guckte, da sah sie eine blasse Mutter mit freudestrahlenden Augen, welche ihr Kindlein herzte und küßte.

Die Eltern haben den Rat des Pfarrers zu Herzen genommen und im Herzen behalten. Sie haben den schmerzgeweihten Knaben – wie überhaupt jedes ihrer Kinder – zu einem rechten Menschen gemacht. Er ist – abgesehen von seinen Stollenfüßen – recht hübsch geworden und groß und stark. Ist auch alleweil brav und lebensfroh gewesen und hat keinen Teufel zu fürchten gehabt.

Als lediger Bursche ist der »Huf-Wilm« oft über den Berg herüber gekommen ins Wutachtal, namentlich wenn in der Schweizermühle Tanz gewesen ist.

Er ist ein gauberühmter Sänger gewesen und ein von den Mägdlein sehr gefürchteter Tänzer. Aber getanzt hat er doch, wenn er auch an beiden Füßen gehunken hat. Und es hat ihm nur selten ein Maidle abgesagt, wenn er es zum Tanzen aufgefordert hat. Denn sonst ist er bursig[1] geworden und hat keine Lieder singen helfen. Und die Lieder sind halt immer noch einmal so schön gewesen, wenn er vorgesungen hat.

Auch beim Raufen ist er nie der Hinterste geblieben. Das Raufen – oder »Rabüsse«, wie man gesagt hat – hat damals bei den Bauernburschen zum guten Ton gehört.

Einmal hat sich der Hufwilm zum Soldaten anwerben lassen. Der Holländer brauchte Kriegsvolk und schickte wieder Werber in die Welt hinaus. Da ist auch einer mit seinem Webel in die Schweizermühle gekommen. Er hatte erfahren, daß dort sonntäglich die »Jung Waar« der Gegend beisammen sei. Mit Kennerblick schätzte er die anwesenden Burschen auf ihre Tauglichkeit, ließ Wein und Käs für die jungen Leute kommen und bot denen, die er angeln wollte, Handgelder an. Aber keiner mochte anbeißen. Dem stattlichen Wilm, welcher tobakrauchend hinterm Tische saß, glaubte der Werber anzumerken, daß er beste Lust habe. Er hieß ihn aufstehen, damit der Webel ihn messen könne. Als aber der hochgebaute Mann hinter dem Tische sich erhoben hatte, meinte der Werber: »Pah – Prachtskerl! – ungemessen sechs Schuh! Der Schönste von allen da!« Darauf klappte der Werber den Zollstab wieder zusammen. Der Werber nötigte den Wilm, einen Vertrag zu unterschreiben. Darauf reichte er ihm 10 Gulden Handgeld, welche der gefeite Wilm gemütlich in seine Saublatter[2] steckte. Dann ließ er sich noch eine Halbe gefallen von dem Werber. Endlich erhob sich dieser und forderte den Neuangeworbenen auf zum Mitkommen. Der Wilm griff nach Stock und Dreiröhrenhut und kam hinter dem Tische hervor. Da hättet ihr aber hören sollen, wie der Werber polterte und alle Zeichen zusammensuchte, als er Wilms Stollfüße gewahrte.»Krummer Kerl! Mit ihm würd ich meiner Seel dem König 'ne große Ehr einlegen! Hocke nur wieder nieder und geb mir die zehn Gulden Handgeld zurück! Verdammter Schwindler, der er ist!« Sprach der Wilm gelassen:»Zu spät, Herr Werber! Ihr händ mi vorher recht visitiere solle. Die 10 Gulden sind mi und blibet mi, denn i bi jo bereit, als Rekrut mit Eu z'gu. Und wenn ihr mi halt nit wend mitni, so sind sell Eure Sache!« Nun wurde aber der Werber erst recht fuchsteufelswild.»Die 10 Gulden her, Halunk', oder ich brauch Gewalt für mein Recht!« brüllte er und tat einen bedeutsamen Griff unter seinen Mantel, wo er eine Pistole oder einen Dolch stecken haben mochte. Auch der Webel nahm eine sehr herausfordernde Haltung an, und in seiner Hand blitzte eine Klinge.

Aber jetzt wurde unser Wilm auch unwirsch. Behende schwang er sich über den Tisch, packte mit der Linken den Webel an der Gurgel und schüttelte ihn, während er dem Werber seine große knöcherne Faust unter die Nase hielt.»Machet eu nit z'mausig, ihr fremde Kerli! oder wend ihr d'Ränze voll, he?« rauschte er.

Der Werber fuhr zurück und knirschte einen grausen Fluch. Als er aber bemerkte, daß er und sein Webel von stükker zwanzig handfesten Bauernburschen umringt waren, deren jeder einen Krug, einen Schlagring oder ein Stuhlbein bereit hielt, wurde er plötzlich zahm und frug den Schweizermüller nach der Schuldigkeit. Der Schweizermüller, ein großer starker Mann, stand an der Stubentür, welche er sperrangelweit aufgemacht hatte. Er hatte die Hemdärmel hintergestürzt und unter dem Arm einen dampfenden Hagenschwanz. Den hatte er vorher in der Küche durch einen Hafen voll heißem Wasser gezogen, von wegen dem Weichwerden.

»En Gulde ond sächs Batze machts, du verdonnerete Chätzer, du!« gab der Schweizermüller in seinem Hallauer Dialekt zurück.

Der Werber zahlte und knurrte etwas dazu in fremder Sprache. »So – vergeltsgott!« sagte der Schweizermüller, »und dort hät de Zimmerma 's Loch uef gmacht!«

»Jo, und wenn er Mux macht, channer no lehre flüge d'Stägenab!« riefs hinter ihm.

Der Werber aber hatte keine Lust, in seinem gesetzten Alter noch fliegen zu lernen. Er begnügte sich mit dem Laufen, und er und sein Webel eilten hinaus und die Stiegen hinunter mit den abgesägten Hosen.

Als sie drunten mit langen Schritten von der Mühle wegliefen, rief der Wilm aus dem Fenster hinaus dem Werber nach: »He Werber, chum umme und heb de Huet unter. I will Dir die zehn Guide doch wieder umme-gi. I has gottlob nit so nötig. Weißt, wenn-i taugli wär, hett-mi jo doch nit a-werbe lu – aber's nächste mol nümmst Di besser in Acht!«

»Nix, nix, du dumme Kerli, me gheit 's Geld nit zuem Fenster uss! Verchlopfet würds!« übertönten ihn die anderen Burschen in der Stube, und sie wanden ihm das Geld, das er zum Hinabwerfen bereit hielt, lachend aus den Händen.

Der Werber hatte den Wilm nimmer verstanden, er hatte es zu eilig. Bald waren er und sein Webel im Schweizerwald draußen verschwunden, wo sie sich ruhig austoben konnten, während in der Schweizermühle hinten die 10 Gulden auf ihr und Hollands Wohl flüssig gemacht wurden.

Noch in seinen alten Tagen hat der Hufwilm hin und wieder die Schweizermühle besucht mit seinem schwarzdörnernen Knotenstecken. Und allemal, wenn er abends spät von dort zurückgekommen ist, hat er einem Vetter im »Winkel« zu Untereggingen am Fenster geklopft und gerufen: »Guet Nacht, Vetter Mathis, b'huet Di Gott und schlof wohl!«

Seiler Mathis aber ist der Großvater des Schreiberlings dieser Geschichte gewesen.

1 ärgerlich
2 Geldbörse

Der ewige Jude

Und wie er einmal in Obereggingen herbergte

>»Aus einem finstern Geklüfte Kar-
>mels kroch Ahasver. Bald sinds zwei-
>tausend Jahre seit Unruh ihn durch
>alle Länder peitschte.«
>
>(Ch. Fr. Daniel Schubert)

»Aufgetaucht in Neros Näh' ein Greis, gehüllt
In braun zerissen flatterndes Gewand;
Die Schläf umfliegt ein langes Silberhaar;
Sein Vorhaupt scheint verwittert Felsgestein
Und seine Augen nisten drin wie Adler;
Urwüchsig scheint er, wild zyklopisch fast,
Ein Mann, der aufgewachsen, fremd den Menschen
In Wüsten, Wäldern, rauher Bergesöde;
Wahnwitzig rollt sein Auge bald, bald scheu,
Wie eines Bettlers, doch dann leuchtets wieder
Wie Geistesmacht darin, schier übermenschlich.«

So hat ihn der Schöpfer dieser Verse, Robert Hammerling, mit seinem Dichterauge gesehen im alten Rom und noch viele andere namhafte Poeten und Schriftsteller, so auch Julius Mosen, Wilhelm Hauff, Eugene Sue, Nikolaus Lenau, Friedrich Rückert usw. haben sich mit dem unheimlichen Erdenpilger beschäftigt, insbesondere aber auch unsere Großmütter mit ihren unvergleichlichen Erzählertalenten. Die heimeligen Spinnstuben waren ja Pflegestätten der alten Sagen und Mären.

Wer aber des unglücklichen schwäbischen Dichters Schubert lyrische Rhapsodie vom ewigen Juden mit einigem Nachdenken lesen kann, ohne daß es ihm bei dieser schauerlichen Schilderung eiskalt über den Rücken kriecht, der muß gute

Nerven haben. Da tritt Ahasver aus dem Berggeklüfte, den Staub aus seinem Barte schüttelnd, zu seinen aufgetürmten Totenschädeln – es sind die Schädel seiner Eltern, Weiber und Kinder – schleudert in rasender Verzweiflung einen um den anderen den Berg hinunter, daß sie an den Felsen zersplittern: »Sie konnten sterben, aber ich Verwor'ner kann es nicht! Das furchtbarste Gericht hängt Schreckenbrüllendes über mich; ich rannt in die Flamme des brennenden Jerusalem, stellte mich unter die stürzende Riesin Roma, warf mich in das Meer, in den Feuerschlund des Ätna, den Waldbrand, das Wetter der Schlacht; brüllte Hohn dem Gallier, dem unbesiegten Deutschen; Pfeil, Wurfspieß, Sarazenenschwert, der Stahlkolben des Riesen brach, die Kugelsaat prallte ab an mir; vergebens stampfte mich der Elefant, schlug mich der Eisenhuf des Streitrosses, schleudert mich die Pulvermine; des Henkers Faust lahmte, des Tigers Zahn stumpfte an mir; die giftige Schlange stach, der Drache quälte, die Tyrannen folterten mich; sie konnten mich martern und nicht töten; den Staubleib muß ich tragen mit seiner Totenfarbe!«

Der ewige Jude ist eine mythologische Person. Nach der Sage ist er der Schuhmacher Ahasverus aus Jerusalem. Als Jesus Christus auf seinem Leidensweg nach Golgatha ausruhen wollte auf der Steinbank vor dem Haus des Ahasverus, stieß ihn dieser fort, und Jesus brach unter der schweren Kreuzeslast zusammen. Zur Strafe für seine Unbarmherzigkeit muß nun Ahasver seit jener Stunde unstet umherirren von Land zu Land, von Ort zu Ort, von Jahrhundert zu Jahrhundert bis zum jüngsten Tage.

Die Sage ist wohl schon so alt wie das Christentum selbst. 1229 wird sie zuerst schriftlich erwähnt, und das erste Volksbuch darüber erschien 1602 in Danzig.

Sie ist in allen christlichen Ländern verbreitet; ihre Grundformen sind überall ein und dieselben, nur wenige Einzelheiten davon weichen in den verschiedenen Gegenden voneinander ab. Während der ruhelose Wandersmann vielerorts im Geiste der am Kopfe angefügten Hammerlingschen Dichtung im malerischen graubraunen und zerfetzten Mantel des Altertums erscheint, in dessen Falten halb bergend sein von eisgrauem Haar unwirrtes und vom Hochalter gräßlich durchfurchtes Antlitz, darin man die Zahl seiner Altersjahre eingegraben sieht – im grellen Widerspruch zu seiner rüstigen Haltung und seinen fast jugendlichen Bewegungen –, kennt ihn die Sage unserer Gegend als einen mehr oder weniger betagt, jedoch nicht so überaus steinalt aussehenden Greisen; alle fünfzig Jahre muß er sich eben wieder verjüngern bis auf jenes Alter, das er auf dem Rücken trug, als er Christus fortstieß. Dafür gönnt ihm aber die Sage unserer Heimat kein Plätzchen, wo seine lebensmüden Glieder ausruhen könnten. Nie darf er stille stehen. Wo er sich auch immer befindet, muß er gehen oder doch wenigstens die Gebärde des Gehens machen.

Vor ungefähr 100 Jahren hat ihn auch ein Mann aus meinem Wohnorte gesehen in einem Wirtshaus in Waldshut einen Schoppen trinken; dabei sei er unruhig in der Wirtsstube umhergegangen und habe gemurmelt dazu. Auch sei der trostlose Wanderer um jene Zeit einmal in Obereggingen gewesen und habe im dortigen Gasthaus Herberg genommen. Sein geheimnisvolles Wesen und Betragen kam den paar Gästen und den Wirtsleuten recht ungeheuerlich vor, und seine Augen glühten bisweilen fast gespenstisch unter den eisgrauen, buschigen Augenbrauen hervor. Stehend verzehrte er ein karges Nachtmahl, ohne dabei ruhig auf den Füßen stehenbleiben zu können.

Nach dem Essen wandelte er fortwährend die Stube auf und ab und tat mit allen Anwesenden sehr freundlich, aber seine Stimme war ganz rauh und hatte einen unfeinen, fremden Klang. Er gab den Gästen allerlei Unterweisungen im Gebrauche von Kräutern, deren Heilkraft man vorher nicht kannte, was später vielen Kranken zu Gute kam. Dabei gebrauchte er manche veraltete Wörter und Redensarten, die niemand mehr verstand. Auch war er sehr neugierig: Er frug nach Familien und Sachen, die schon seit langer Zeit nicht mehr da waren, als ob sie noch vorhanden wären, so auch nach der seit mehreren Jahrhunderten eingegangenen Ortschaft »Wutach« am linken Wutachufer zwischen Eberfingen und Untereggingen. In einigen alten Urkunden wird diese Ortschaft »Ytahe« genannt, in anderen »Wutach«, also wie der daran vorüberfließende Fluß.

Wie von ungefähr fällt auf einmal sein Bild auf ein altes Christusbild, das über dem runden Tisch in der Stubenecke hängt. Jäh bricht er sein Gespräch ab, zahlt seine Zeche und noch zum voraus sein Nachtquartier mit lauter neuen Kupfermünzen, verläßt ohne Gruß die Wirtsstube und verlangt nach seinem Schlafzimmer, wohin er auch alsbald von der Wirtin geführt wird. Wie er drinnen ist, schließt er fast ängstlich die Türe hinter sich zu und geht ununterbrochen hin und her.

Wegen seinem unruhigen Umherwandeln kann die Magd im Zimmer nebenan auch nicht zum Schlafe kommen, wunderfitzig, wie sie ist, guckt sie gerade in der Zeit zwischen den Elfen und den Zwölfen durch eine Türspalte in des sonderbaren Schlafgängers mondbeleuchtete Kammer und beobachtet ihn aufmerksam. Da sieht sie ihn mehreremale nach der Schwarzwälderuhr an der Wand schauen und dann bald darauf hastig – wie wenn er auf die bestimmte Minute gewartet hätte – auf einen Stuhl sitzen. Kopf und Arme läßt er schlaff herabhängen wie ein Leichnam.

So sitzt er eine gute Weile regungslos. Da schlägt die Uhr Mitternacht. Wie aufgescheucht schnellt er empor und setzt seinen unheimlichen Spaziergang aufs Neue, und die ganze Nacht hindurch, fort. Morgens aber ist es in seinem Zimmer still, und auch gegen Mittag noch. Seine Tür ist noch immer geschlossen. Das fällt den Wirtsleuten auf; behutsam öffnen sie mit einem Dietrich das Schloß; die Schlafkammer ist leer, der seltsame Fremdling ist unaufgeklärter Weise verschwunden. Doch muß er seinen Weg durch die hintere Haustüre genommen haben: Es hatte die Nacht den ersten Schnee gelegt, und darin ist eine Männerspur, die von der Hintertür weg auf die Straße führt und von dort nach

Steinatal. Es sind große Männertritte, und jede Schuhsohle hat in Kreuzform fünf großköpfige Nägel in den Schnee gedrückt: Das ist die Spur des ewigen Juden, vor der er selber scheu sich flüchtet und die ihn hetzt und jagt bis zum jüngsten Tage.

>>Und weiter zog der Wand'rer ohne Ruh'
Dem letzten Strahl der Abendsonne zu,
Und wie er fortschritt auf den öden Matten
Zog weithingreifend sich sein Schattenstrich
Bis zu den Hirten, die bekreuzten sich;
Die Weiber schauderten in seinem Schatten.<<

(Lenau: >>Ahasver<<)

Lange Zeit nachher hat man noch in Obereggingen Ahasvers Schlafzimmer mit dem Stuhl, worauf er einst gesessen, sehen können. Beim Abbrand des Ortes am 23. Mai 1854 ist dieses Wirtshaus zerstört worden. Der >>Ewige Judenstuhl<< aber ist gerettet worden. Er ist später nach Untereggingen gekommen und befindet sich heute noch dort. Er trägt die Signatur >>A E 1718<<.

71

Der Basler

Eine abenteuerliche Geschichte nach alten Sagen

Wenn man das Wutachtal herauf nach Untereggingen kommt, begegnet man zunächst einer an der Landstraße gelegenen alten Häuserreihe. Das erste Haus derselben mit der Nr. 87 hat im zweiten Stock an der Hausecke ein enges Kreuzstöckle, oder vielmehr einen holzumrahmten Mauerschlitz. Mit ehrfurchtsvoller Scheu haben einst die Altvorderen zu ihm emporgeschaut. Nach einer alten Tradition wurde aus dieser Luke jener berüchtigte Räuber und Roßdieb aus der Basler Gegend, der »Basler« genannt, erschossen. Und zwar mit einer sogenannten »Blutkugel«. Eine solche Kugel soll die Eigenschaft gehabt haben, nach dem Abschuß stets ins lebende Blut zu schlagen. Entweder den zu treffen, dem sie galt, oder aber, wenn dieser zu weit entfernt war oder man schlecht gezielt hatte, zum Schützen zurückzufahren und diesen zu töten. Eine solche Blutkugel mußte in der Mitternachtsstunde vom Gründonnerstag auf Karfreitag unter gewissen geheimnisdunklen Zeremonien gegossen worden sein und darauf drei Tage und drei Nächte in warmem Menschenblut gelegen haben. (Solches Blut war in der Zeit des Aderlassens unschwer zu erhalten.)

Lange wurde dem Basler, dem verwegensten aller damaligen Räuber, der die Gegend weitum unsicher machte und in Furcht und Schrecken hielt, nachgestellt, ohne daß man seiner habhaft werden konnte. War er doch schlau wie eine Katze und frech wie ein Wolf. Auch stand er mit dem leidigen Schwarzian im Bunde. Um seine Verfolger irre zu leiten, ließ er stets den Pferden die Hufeisen »hintervür«, das heißt verkehrt aufnageln. Und wehe dem Schmied, der sich widersetzt hätte. So wurden durch die falschen Huftrittspuren die Verfolger immer irre geleitet, also nach der entgegengesetzten Richtung seines Fluchtweges.

Jener Schuß aus der Mauerluke machte nun seinem Räuberleben ein Ende. Die todbringende Kugel im Leibe jagte er doch noch auf seinem feurigen Schimmel unter übermütigem »Hiassahoh« davon und wollte bergüber ins Steinachtal, wie schon manchmal zuvor. Aber droben auf der Bergeshöh sank er plötzlings tot vom Roß. Im gleichen Augenblick verwandelte sich sein schöner Schimmel in ein fürchterliches drachenartiges Ungeheuer, packte den Leichnam und flog mit ihm davon. So hat ihn ein leidiger Teufel, der ihm schon lange als Reitschimmel gedient hatte, blutwarm mit Leib und Seele mitgenommen in das finstere Reich der Verdammten. Jene Stätte, auf welcher sich das Schauderbare zugetragen haben soll, heißt heutigen Tages noch »Basler Aecker«.

Als Gespenst erschien der »Basler« noch manchmal dort droben und in der Gegend seiner einstigen Raubzüge. Insbesondere zu heiligen Zeiten und namentlich vor solchen Leuten, die zur Wahrnehmung von übernatürlichen Dingen geboren sind: Frohnfastenkinder, Sonntagskinder usw. Und wer einsam über den Berg von einem Tal ins andere mußte, ging nur mit Herzklopfen über jene Hochebene. Insonderheit bei Nacht. Aber auch am heiteren hellen Tag ist der bösartige gespenstige Schimmelreiter schon gesehen worden. Er zeigte sich in mehreren Gestalten. Manchmal stand er urplötzlich, wie aus dem Erdboden gestiegen, vor dem Wanderer, ihm den Weg versperrend. Eine hohe, von Raben umflatterte Reitergestalt mit großem Schlapphut, welcher auf einer Seite ihm über das Auge hing, mit grauem Faltenmantel, an welchem Sterne glitzerten und mit einem Spieß in der Hand. Sein Auge war blau, schreckhaft groß und flackernd. Und ebenso schnell, wie er erschienen, verschwand er wieder vor den Augen der Verängstigten. Wieder andere sahen ihn als ein schauriges Ungetüm, als Roßmensch oder Menschenroß, dessen Oberkörper ein Mensch und der Unterkörper ein weißes Pferd war. Solchergestalt sauste er wie Sturmwind, hussahoh rufend, an den Leuten vorüber, um sie herum oder in der Luft über sie hinweg. Wer dem Basler begegnet, kann sich nicht mehr zurechtfinden, Weg und Steg verschwinden vor ihm; er geht in der Irre umher, tage- und nächtelang, bis er irgendwoher eine Kirchenglocke läuten hört. So ist die Sage.

Es gab früher auch einen »Baslersegen«, den man betete, wenn man über den verrufenen Berg ging. Er lautete so:

>»Basler, Basler, Menschroß,
> Blib du i dim schwarze Schloß!
> Mit mir gönd drei heilig Manne,
> Wo di tüend abstatte banne,
> Bis du Kyrie eleyson schreist:
> Gott Vater, Sohn und Heiliggeist!«

Darauf mußte man den Rosenkranz beten. Der Segen soll in manchen Fällen geholfen haben. Aber nicht allen. Auch bei des Dreikönigswirts Kätterli von Untereggingen nicht.

Es war um das Jahr 1800 herum. Das Kätterli war damals etwa 18 Jahre alt und mußte hinüber ins Steinachtal, nach Mettingen, zu Verwandten und dort »Großlaufen«, das heißt, Gotte sein, also ein Kind zur Taufe tragen. Es war hochgemut auf diese Ehre, hatte aber doch Bedenken, eben wegen dem Basler. Erst vor kurzem hatte die alt Besebabe erzählt, was sie mit ihm erlebt habe, als sie droben auf dem Berge an einem Wacholderbusch dem Tresterxaveri seine Warzen wegzaubern wollte. Und jetzt war es ja Advent, wenige Tage vor Weihnachten. Die Mutter aber sprach dem Töchterle Mut zu und sagte:

>»Bet nu im I-e-gu und Uß-gu de Baslersege und chumm bi Tagheiteri wieder heim.«

Damals waren ungarische Husaren in der Gegend in Standquartieren. Schneidige Kerle! Im »Dreikönig« war ein Rittmeister mit einiger Mannschaft untergebracht worden. Derselbe war ein leutseliger Herr und gefiel sich im Familienanschluß an seine Quartierherrschaft. Als er die Ängstlichkeit des Töchterleins bemerkte, erbot er sich, einen seiner Husaren zu beordern, mit dem Mädchen hinüber nach Mettingen zu reiten, es abends wieder abzuholen und wohlbehalten zurückzubringen. Freudig willigten das Kätterli und seine Eltern ein, und bald darauf ritt ein strammer Husar in den Hof. Ohne viel Umstände packte der Rittmeister das schon festgerüstete Mädchen und setzte es hinter dem Reiter aufs Pferd. Dann warf er ihm noch eine Attila (Husarenmäntelchen) über, denn es war ein kalter Morgen. Und fort gings in lustigem Trab. Das Mädchen hielt sich fest am Dolman des Reiters. Es schien, als wären Reiter und Reiterin stolz aufeinander.

Es mochte ein possierlicher Anblick gewesen sein: die flotte Husarengestalt mit dem martialischen Schnauzbart und ihrer malerischen Uniform und hinter ihr das zarte Mädchen mit der Jungfrauenkrone, dem goldglitzerigen Schäppeli auf dem Kopfe. Es hatte das schönste Schäppeli von allen Jungfrauen im Dorf. Ein Geschenk von der Fürstin zu Fürstenberg, welche die fürstlichen Hofjagden immer mitmachte, und wenn die fürstliche Jagdgilde im »Dreikönig« herbergte, mußte das Kätterli ihnen immer aufwarten. Ein bildschön Maidli war das Kätterli, des Abmalens wert. Aber »der Maler hätte Lilien und Rosen nehmen müssen«.

Außerhalb des Ortes rannte ihnen eine schwarze Katze über den Weg…

Vor dem Dorfe Mettingen hielt der Husar still, setzte das Mädchen ab und salutierte vorschriftsmäßig mit gezogenem Säbel und sprengte zurück nach Untereggingen.

Kaum dort angekommen, brachte ein Kornett den Befehl, die Eskadron habe schleunigst abzurücken. Mit dem geplanten Zurückholen des Kätterli am Abend durch den Reiter war es also nichts.

Nach vollzogener Taufe und vollendetem Taufschmauß im Haus der Täuflingseltern – es ging hoch her dabei, denn der Täufling war ein Stammhalter – erwartete die Kätterli-Gotte den ritterlichen Abholer mit stets wachsender Ungeduld; denn sie hatte ja keine Ahnung vom Abrücken der Husareneskadron. »Er würd mi halt vergesse ha«, dachte das Mädchen und entschloß sich gegen Abend, den Rückweg allein zu wagen. Aber die Verwandten litten das nicht und beauftragten den Hausknecht, die Gotte über den Berg hinüber bis Unsteregingen zu begleiten. Es war bereits am Zunachten, als die beiden sich auf den Weg machten. Ein heller Vollmond stand am Himmel. Oben auf der Bergfläche, wo sich der Weg gabelt und ein Teil nach Obereggingen und der andere nach Untereggingen führt, stand der Knecht still und sagte:

»So Kätterli, i gang jetzt gi Obereggînge abe zue mim Schatz z' Liecht. Du würst de Weg jetzt wohl finde, chast jo nit verirre; 's ist jo schö Moschie; me chönt jo Nodle fesme wie am heitere helle Tag!«

Kaum hatte er das gesagt, erscholl aus einem Busch eine gräßliche Stimme:

»Jo, aber Nacht isch-es halt doch!«

Beide fuhren zusammen. Der Knecht rannte fort Obereggingen zu und ließ das zitternde Mädchen allein. Das Herz voller Angst und Furcht ging es eilig seines Weges. Da fiel ihm der Baslersegen ein. Allein beten konnte es nicht; es war zu verwirrt. Auf einmal hub es in der Luft an zu rauschen und zu tosen, und pfeilschnell fuhr der Basler als Roßmensch mit furchtbarem Hohngelächter über ihm hinweg. Dem armen Kätterli schwanden die Sinne; es wußte nicht mehr, wo es war, und irrte wie traumverloren umher.

Mittlerweile überzog den Himmel ein schwarzes Gewölk; der Mond verschwand dahinter, es wurde finster und immer finsterer. Das Kätterli verging fast vor Entsetzen. Beten konnte es nicht, nur weinen, auch nicht um Hilfe rufen; die Stimme versagte ihm. Noch zweimal schoß das Ungeheuer an ihm vorüber und verschwand dann augenblicklich wieder wie Wetterleuchten. Heulender Wind und Schneegestöber steigerten das Unheimliche ins Grauenhafte. Durch Busch und Wald, über Stock und Stein, ohne Ziel und Richtung irrte das arme Geschöpf durch die grausige Nacht. Tropfnaß, die Kleider von Dornen zerfetzt, Gesicht und Hände zerschunden, sank es zuletzt ohnmächtig zu Boden auf den Schnee. Das Schäppele hatte es verloren.

So fand es gegen Morgen eine patrouillierende öster-
reichische Feldwache auf dem Lindenberg nordwärts Horheim. Die Soldaten stießen auf ein überschneites Gebündel,
beleuchteten es mit ihren Fackeln und erkannten ein ver-
wahrlostes Weibswesen, das sie erst für tot hielten. Aber ein
leises Wimmern belehrte sie, daß noch Leben in dem zarten
Körper sei. Und da packte ein Soldat das elende Menschen-
kind in seinen warmen Mantel und trug es dem Licht entgegen, das ihnen aus der Dunkelheit entgegenschimmerte. Der
Schein kam von den Horheimer Höfen. In einem der dortigen Bauernhäuser hielt man bei einer Leiche Totenwache bei
brennenden Kerzen. Der brave Soldat trug das Kind in die
Stube jenes Hauses und empfahl es den Leuten in Obsorge.
Daran fehlte es nun freilich nicht. Das Mädchen wurde zunächst seiner nassen, zerrissenen Kleider entledigt und in ein
molligwarmes Bett verbracht. Dann gaben sie ihm einen heißen Glühwein ein. Es erholte sich rasch. Als es den Leuten
sein schauerliches Abenteuer erzählt hatte, meinten die er-
staunten Leute, es habe zu allem Unglück noch Glück gehabt; denn schon mehr als einmal habe der vermaledeite Basler durch seine Verführung Leute um das Leben gebracht.
Gerade heute vor einem Jahr habe er einen Mann auf Irr-
wege getrieben, so daß dieser in der Dunkelheit die hohe
Fluhaldenfelswand hinuntergestürzt und zerschmettert sei.
Nach einem erquickenden Schlaf fühlte sich das Kätterli am
Nachmittag so weit hergestellt, daß es ans Heimgehen denken konnte.

Währenddessen herrschte im »Dreikönig« zu Untereggingen peinlichste Aufregung wegen der Vermißten. Und im Dorf
herum gingen die gewagtesten und unwahrscheinlichsten Ge-
rüchte und Vermutungen. Die alte bucklige »Hechelmariurz«
wollte geträumt haben, »selbiger vürnehme Reitsolidat, der
das hoffärtige Jümpferli nach Mettingen gebracht habe, habe
es nachts wieder abgeholt und sei mit ihm über den großen
Meersee nach Lamerika, wo das Gold an den Bäumen wach-
se und man nicht lange zu heuraten brauche.« – Der Orts-

vogt aber ließ durch eine Scharwache das verrufene Berggelände absuchen. Man befürchtete das Schlimmste. Besonders im »Dreikönig«. Kätterlis Vater, der »dick Johannis«, versprach, fortan den Gastwein nicht mehr mit Wasser zu taufen, wenn das Töchterle wieder bald und unversehrt zurückkomme. Die Mutter gelobte, drei Wallfahrten barfuß nach Einsiedeln zu leisten, und die Großmutter so viele Rosenkränze, als das Kätterli Jahre alt sei.

Da auf einmal am Abend, als der Jammer am höchsten war, rasselte vom Unterdorf her ein Bernerwägele vor den »Dreikönig«. Und wer stieg ab? Ein Bauernsohn ab den Horheimer Höfen mit einem jungen Mädchen – dem Kätterle! Das wurde aber in dem abendlichen Dunkel nicht einmal gleich als dasselbe erkannt: es hatte ja ganz andere Kleider an, als diejenigen, die es gestern als Taufgotte anhatte, und auch kein Schäppeli. Jene so arg zugerichteten Kleider hatten ihm die guten Leute seines Nachtherberghauses in Horheim zu einem Bündel geschnürt und so mitgegeben, nachdem sie es mit guten Kleidern versorgt hatten.

Das war ein anderer Jubel in der Dreikönigsfamilie um das verlorengeglaubte und nun wiedergekommene Töchterlein. (Mein Schreibholz ist zu schwach, um die Freude des Wiedersehens hier gebührend wiedergeben zu können.) Und das ganze Dorf nahm Anteil. Es gab ein Abendfestchen in der Gaststube und zwei Faß Bier und zwei Schinken mußten dran glauben. Der Horheimer Bursche, der das Töchterlein daher gefahren hatte, erhielt besonders große Mundgaben. Und der Wirt wollte ihm ein ansehnliches Geldstück als Fahrlohn in die Hand drücken, allein der Bursche nahm es nicht an. Er schämte sich vor dem Kätterle, das ihm gegenüber saß, und so oft ihn dieses mit seinen himmelblauen Augen ansah, wurde er rot bis an die Ohren. Unverdorbene Jünglingsseele! Die Gesellschaft wurde immer fröhlicher und lebhafter. Allmählich auch das schwergeprüfte Kätterle. Als gute Sängerin bekannt (Kirchensängerin zu Degernau) wurde es zuletzt von den Gästen gedrängt, ein Liedlein loszulassen. Es wehrte sich aber dagegen, bis der Hausknecht (der »Rotnasenkasi«, der seine purpurfarbige Nase, wie er immer behauptete, vom Ranenessen erhalten habe), jene große Zither herbeischleppte, welche vor ein paar Jahren ein Vagant, der seine Zeche nicht zahlen konnte, hier versetzt hatte. (Der Vater Johannes nannte das vorsintflutliche Ding nur die »Jammerlade«). Als der Kase das Werkzeug vor dem Kätterle abgestellt hatte, konnte es nicht mehr widerstehen. Aber unter seinen gelenken Fingern quollen aus der uralten Saitendrucke noch prächtige weiche Töne zu der silberreinen Stimme Kätterles, welches das alte wunderschöne Volkslied von den zwei Königskindern durch den Raum perlen ließ. Dann bei der Strophe:

»Sie konnten zusammen nicht kommen –
Das Wasser war viel zu tief!«

wurde es dem Horheimer Burschen so weh ums Herz, daß ihm die Tränen aus den Augen traten und über die Backen herunterliefen. Dann gab er sich einen Ruck und ging hinaus: er müsse doch einmal nach seinem Fuhrwerk sehen. Und als er draußen war, waren Roß und Wagen verschwunden. Nachdem der Gaul das ihm vordem Vorgesetzte Heu aufgefressen hatte, dachte er: Lebt wohl dort drinnen in der Stube; ich gehe! – machte kehrt und stampfte talab, heimzu. Der Bursche hörte noch aus der Ferne herauf das dumpfe Rollen des Bernerwägeies auf der holperigen Straße. Und dann mußte der gute Mann mit seiner Glut im Herzen auf Schusters Rappen dem Fuhrwerk nacheilen, ohne sich von dem holden Maidle, an dem er so schnell Feuer gefangen, und von dessen Eltern verabschieden zu können.

Das Kätterle konnte sein tragisches Erlebnis mit dem Basler lange nicht verwinden. Und wie es der Verlust seines Schäppelis kränkte! Das fragliche Gelände wurde mehrfach danach abgesucht. Der Vater Johannis hatte einem ehrlichen Finder zwei Theresientaler und ein Maß Wein mit Käs und Brot versprochen. Ohne Erfolg.

Jenem Knecht, der das Kätterle hätte über den Berg begleiten sollen und es so schmähsam verlassen hatte, hat es nie ganz vergeben können, so gutherzig es sonst war. Zwar ist es dem Kerle auf seiner Liebwerbe in jener Nacht zu Obereggingen recht mißwend ergangen. Die dortigen Burschen haben ihn ausgehoben, ihn mit den ortsüblichen Prügeln versehen und ihm darauf ein heilsam Bad verliehen im Brunnentrog. Als er dann mausenaß heim nach Mettingen kam, log er seiner Dienstherrschaft vor, auf dem Heimweg habe ihn der böse Schimmelreiter ab Weg gebracht und da sei er in der Finsternis in den Mühlebach gefallen. Als dann nachher der Bauer durch die Eiersammlerin, die kropfhalsige allwissende Judith, den etwas verschlimmbesserten Sachverhalt erfuhr, überreichte er ihm ein paar saftige Feigen an die Ohren und jagte ihn fort. Er sei dann später mit einer Zigeunerbande in der Welt herumgezogen, und da habe ihn einmal ein Tanzbär, den er mißhandelt hatte, zerrissen.

Zwischen Ofteringen und Rassbach, nördlich vom »Linsenboden«, liegt der »Salzleckenhau«, eine Waldparzelle. Dort fällten Holzmacher einst eine hochmächtige Eiche. Als sie dieselbe abasteten, entdeckten sie im Wipfelbereich derselben ein Rabennest. In diesem fanden sie einen wirren Knäuel aus Flitter, Draht und Perlen. Zwei Jäger kamen daher und betrachteten das krause Ding. Einer davon war »'s Wirts Kundrad«, Kätterlis Bruder. Dieser steckte das Gewirre in die Beuteltasche. Es hatte schon Platz. Es war sonst nichts drinnen als »Chrut und Loth«. (So nannte man nämlich Pulver und Blei.) Zu Hause wusch er den zerknitterten Klumpen aus und formte ihn zuweg, so gut es eben ging. Es war, wie er richtig vermutet hatte, das Schäppeli seiner Schwester. Noch deutlich erkennbar war die am unteren Spangenreif eingestochene Inschrift: »Der Jungfrau Käther Güntert gewidmet von Hochfürstlicher Durchlaucht Maria Antoniette von Fürstenberg. Hergestellt im Augustinerinnenkloster zu Riedern am Wald anno 1798.« Das herbeigerufene Kätterle erkannte sofort, noch ehe es das Spruchband gelesen hatte, seine arg verwüstete Jungfrauenkrone und weinte, weinte. Dann fing es an zu schelten auf den liederlichen Knecht, den vermaledeiten Basler und die diebischen Rabenvögel. Herrichten lassen konnte man das übel zugerichtete Diadem nicht mehr. Es hätte auch keinen Zweck mehr gehabt; denn das Kätterle war ja jetzt verheiratet. Jawohl, verheiratet mit – jenem Burschen von den Horheimer Höfen!

Wie sich's auch fügen kann! Das Wasser war scheints doch nicht zu tief.

Aus dem Kätterli ist eine Katharina geworden, eine brave Hausfrau und Mutter von neun Kindern. Sie ist alt geworden, und in den Spinnstuben hat sie öfter ihr Abenteuer mit dem Basler und was drum und dran hing, erzählt.

In ihrem blumbemalten Kasten hatte sie das ruinierte Schäppele sorgsamlich aufbewahrt in einem großen, altmodischen Deckelglas, auf welches sie einen pergamentenen Zettel geklebt hatte mit dem Epigraph:

>»Seht das verheit Schäppeli an
Der Basler ist schuldig dran.«

Quellen zu dieser absonderlichen Erzählung rieselten aus alten Spinnstuben. Die Sage vom Basler hatte in den Spinnstuben unserer Gegend ein gewisses Heimatrecht. Sie hat sich – wenn auch oft mit spaßernstem Einschlag – bis in unsere Gegenwart erhalten. Mit Vernunftgründen hat sie sich nie ertöten lassen. Sie hat ein Leben wie eine Katze.

Die Sage von dem heute »Basler« genannten Bergspuk entstammt einer Ursage, und diese ist wohl so alt wie das menschliche Geschlecht in unserer Gegend. Offenbar hat sie mehrere Metamorphosen hinter sich. Wohl hatten die Urbewohner unserer Gegend aus ihrer ehemaligen asiatischen Heimat die Mythe von dem thessalischen Kentauern mitgebracht und den gespenstigen Roßmenschen auf der betreffenden Hochebene umgehen lassen, welcher wohl später auch von den Römern übernommen wurde. Die nachfolgenden Germanen und Alemannen dürften dann die Sage wodanisiert, das heißt den Kentauern zum Schimmelreiter gemacht und ihm so die Gestalt Wodans verliehen haben. Die alten Götter sind ja unsterblich.

Die Tradition, nach welcher einen aus dem Basler Gebiet stammenden Pferderäuber in Untereggingen die Todeskugel traf und der dann auf dem Berg droben seine Banditenseele nach Höllenheim senden mußte, streift wahrscheinlich eine Tatsache. Sie mag sich in der Zeit des Dreißijährigen Krieges oder noch früher zugetragen haben. Und da ließ eben das naive aber- und übergläubige Volk die ruhelose Übeltäterseele als Unhold auf der Todesstätte ihres Leibes geistern und die über dieselbe wandernden Leute in die Irre führen. Der Kentauer und der Wodan gingen allmählich in dem dem Volksverständnis näher liegenden neueren Schemen auf, und so wurde die Sage verbaslert. Die Neuzeit mit ihren aufhellenden Erfindungen und Entdeckungen hat mit manchem Aber- und Überglauben aufgeräumt, Geister und Gespenster als Phantasmen und Mummelbutze entlarvt. Erscheinen aber solche Grauswesen noch ab und zu vor Menschen, so bevorzugen sie meistens nur solche, die noch an sie glauben.

Es sei aber nicht in Abrede gestellt, daß, wie ein gewisser Dichter sagte, es zwischen Himmel und Erde noch mehr Dinge gebe, als sich unsere Schulweisheit träumen lasse.

Übrigens: Wie sagt der große Weltweise Aristoteles in seiner »Metaphysik« über die vom Widerspruch ausgeschlossenen Dinge? »Ein Ding ist, oder es ist nicht; ein Drittes ist unmöglich!«

Der Dorfbrand

Ein Zeitbild aus verstaubter Vergangenheit

Am 16. Weinmonat des Jahres 1677 war es, als der landgräf-
lich-fürstenbergische Ort Untereggingen im Amt Stühlingen
fast vollständig abbrannte. Von den 28 Wohnhäusern wurden 21 ein Raub der Flammen, dazu noch mehrere alleinste-
hende Scheuern und Weintrotten. Das Feuer entstand in einer Schmiede am rechten Wutachufer. (Das Anwesen des Josef Waldkircher steht heute auf
jener Stätte.) Die Wutach floß damals streifnahe am Dorfe
vorüber. Noch heute sind die alten Hochufer wahrnehmbar.
Ein großer Teil des Dorfes befand sich auf der Bergterrasse
oben am sogenannten »Helle«, und die noch aus der Karo-
lingerzeit stammende sagenumwobene Kapelle stand mitten
im Dorf. (Dieselbe mußte im Jahre 1911 wegen Baufälligkeit
abgebrochen werden. Eine neue steht seit 1921 auf derselben
Stelle!) Man hielt es damals für ein Mirakel, daß jene uralte
Kapelle unversehrt blieb, während alles rings um dieselbe nie-
derbrannte: Häuser, Scheunen, Trotten usw. Trotten hatte es
damals mehrere, denn Untereggingen war mit reich- und edel-
giebigen Rebgeländen und – wie heute noch – mit fruchtba-
rem Getreideboden gesegnet. (Garbe im Gemeindewappen!)
Und der Jahrgang 1677 war kein schlechter. Die Scheuern waren vollgestopft von Garben und Viehfutter, so daß das Feuer
reichlich Nahrung fand, zumal es ein sommerlicher Herbst-
nachmittag war. Heftige Wechselwinde kamen noch dazu, so
daß die Flammen nur so von einem Stroh- oder Schindeldach
aufs andere hüpften, Häuser und Hütten in Asche legend.
   An menschlichen Widerstand war nicht zu denken. Ei-
gentliche Feuerlöschpumpen gab es in den Landgemeinden
damals noch keine, höchstens sogenannte Handgießen und
Wasserspritzbälge, beide bei Großfeuern so viel als nutzlos.
Außerdem war alle wehrhafte Mannschaft ortsabwesend. Sie

war nach Rothaus auf die Wacht und zum Schanzenerrichten aufgeboten worden (wie auch die Mannschaften der Nachbarorte.) Daher auch keine Feuerreiter, da auch die Pferde fort waren. Denn die Franzosen hatten die Stadt Freiburg eingenommen, und man befürchtete weitere Einfälle in unserem Gebiete. Während des Brandes waren nur Weibsleute, Kinder und Greise im Dorfe. Es herrschte ein unsagbares Tohuwabohu. Das mark- und beindurchdringende Jesismareiengeschrei der Weiber mischte sich mit dem Wehgebrüll vieler mit dem Feuertode ringender Tiere. Es kamen deren eine Menge um. Hauptsächlich Rinder, Ziegen, Hühner usw. (Schafe, Gänse und Schweine waren auf der Weide.) Glücklicherweise kostete der Brand kein Menschenleben. Ein alter kranker Mann wurde noch rechtzeitig von einem aus Wunderklingen (Schweizermühle) stammenden Fischer vom Feuertode gerettet. Der beherzte Mann riß den Kranken aus dem schon brennenden Bett, trug ihn zu einem Brunnen und tauchte ihn in den Wassertrog. (Der gerettete Mann sei dann 99 Jahre alt geworden und an einem Schlangenbiß gestorben.)

Gerettet konnte fast gar keine Habe werden, da alles kopflos durcheinander rannte und dann hinaus aus dem lichterloh brennenden Dorf, in dessen Gassen es wegen der fürchterlichen Hitze nicht auszuhalten war. Weit in die Umgegend hinaus trug der Wind die glühenden Schindeln und Strohfetzen, so daß die umliegenden Wälder Feuer fingen. Auf dem eine halbe Stunde vom Ort entfernten »Krähbühl« gegen Eberfingen brannten die auf den Brachen liegenden strohigen Düngerhaufen, welche von den hingeflogenen Gloschen entzündet worden waren. In weniger als zwei Stunden war das Dorf ein rauchender Trümmerplatz. Nicht vollständig zerstört, wenn auch stark beschädigt, wurde das nahe am Bache gelegene, mit lauter Hohlziegeln überdachte landgräfliche Vogthaus mit der untergebauten Lehensmühle, damals eine Zwangmühle. (Der mauertrutzige Bau steht heute noch in äußerlich wenig veränderter Gestalt, den feudalen Eindruck wahrend.) Auch der festgefügte reichenauische Klosterhof zu den »Drei Königen«, in welchem stets die hohen landgräflichen Jagdgäste Abstieg und Herberg genommen hatten, brannte bis auf die Grundmauern nieder. Viele antike Werte gingen da zu Grunde. Die meisten Häuser brannten schier gleichzeitig, da fast alle aneinander gebaut waren. Das Ortsbild glich vor diesem Brande nicht wie heute einer lang ausgelegten verknoteten Kette, sondern eher einem eiförmigen, in zwei Hälften geteilten Fladen, dessen kleinerer Teil im Tale und der größere auf dem »Hellebuck« und gegen die »Winterhalde« zu lag. Um das ganze Dorf zog sich ein Pfahlhag, teilweise auf derbem Ringmauerwerk.

Auf diesem »Hellebuck«, auch »Judenbuck« genannt, unweit der Kapelle, hatten auch mehrere jüdische Familien ihre armseligen Behausungen. Sie und die christlichen Familien lebten stets in Frieden und Eintracht beisammen, wie sich's auch gehört. Im Jahre 1743 zogen die jüdischen Familien fort, hinüber ins Schwarzenbergische (Tiengen), da durch einen Erlaß des Fürsten Josef Wilhelm Ernst alle Einwohner mosaischen Bekenntnisses aus seinem Fürstentum gewiesen wurden.

Merkwürdig war das urplötzliche Aufhören des Brandes, als ob eine höhere Macht den Flammen Einhalt geboten hätte. Eine Gruppe alter baufälliger Stroh- und Schindelsiggen, sieben an der Zahl, nur durch einen schmalen Fußweg von der lodernden Brandstelle getrennt, blieb beinahe unbeschädigt, obwohl die feurig wirbelnden Glimmern hageldicht darauf fielen. Man hielt das für ein Wunder, ähnlich wie bei der gefeit gebliebenen Kapelle. Einer verhallten Tradition zufolge soll ein greiser, zauberkundiger Jude, als das Feuer am ärgsten wütete, dasselbe gebannt haben, indem er einen hebräischen Bannspruch mit Blut auf einen Pergamentstreifen schrieb, dann ein Loch in einen Zwetschgenbaum bohrte, den zusammengerollten Streifen hineinschob und das Loch mit Bienenwachs verklebte, worauf das Feuer alsbald zusammensank und erlosch. Dieser Hokuspokus soll auf der »Breite«, einem Anger im Osten des Ortsetters, stattgefunden haben.

So die alte, gutgläubige Sage. Und wenn sie sich auf Tatsachen gründen würde, so hätte der brave Jude doch wenigstens an der Blindschleiche den Schwanz gerettet!

Die ursächliche Entstehung des Brandes ist urkundlich und auch sonst stichhaltig nicht nachweisbar. Wohl gingen darüber mehrere voneinander abweichende Sagen und Spinnstubengeschichten, die jetzt aber im Geiste der Neuzeit verklungen sind.

Einem Verlaute nach soll das Feuer von sogenannten »Brandbuben« gelegt worden sein, weil die Einwohner eine ihnen von einer Räuberbande auferlegte Brandschatzung nicht geleistet hätten. Auszuschließen wäre eine solche etwaige Möglichkeit keineswegs. Nach dem Westfälischen Frieden, welcher den Dreißigjährigen Krieg (1618-1648) beendete, standen tausende und abertausende raub- und plünderungsgewöhnte Waffenknechte – kaiserliche und schwedische – müßig da. Friedliche Arbeit, die sie nie gelernt hatten, war ihnen ein Greuel. Sie hatten nichts zu beißen und zu brechen, wollten aber das wilde und schwelgerische Freibeuterleben auf Kosten der Bauern fortsetzen. Betteln und Bänkelsang trug ihnen zu wenig ein. Und da huldigten sie eben, altem raubritterlichen Beispiel folgend, dem Stegreif. Zu hunderten, oft zu tausenden rotteten sie sich zusammen und bildeten so die berüchtigten Räuberbanden, deren Anführer manchmal abgedankte Kriegshauptleute waren. Kein Hof, kein Dorf war sicher vor ihren Überfällen, Brandschatzungen und Mordbrennereien. Hatte so eine Bande einem hilflosen Bauern Hab und Gut weggestohlen und ihm das Haus angezunden, kam es manchmal vor, daß derselbe in der Verzweiflung sich mit seinen Söhnen der Bande anschloß und mit ihr das Abenteuerleben teilte. Auch zahlreiche Weibsleute waren unter ihnen, damit das Edelgezücht ja nicht ausging. Erst gegen Ende des 18. Jahrhunderts begann dieses Unwesen etwas abzuflauen, vegetierte aber immer noch fort in den Vaganten und Vagabunden, welche sommerüber in unseren Wäldern hausten und im Winter in den Bauerndörfern herumlungerten.

Nach einer anderen Sage über das Entstehen des Brandes sollen die Bauern ein bettelndes Zigeunerweib mit Hunden aus dem Dorf gehetzt haben. Am Dorfgatter soll das Weib schreckliche Verwünschungen über den Ort zurückgerufen haben, unter anderem auch diesen Fluch:

>»Eh sich ründt de Mo
>Schreiet ihr Fürio!«

Bald darauf sei ein feuriger Drache über das Dorf hinweggeschossen und habe die Dächer entzündet.

Wieder eine andere Sage meldete, der Dorfschmied habe, als ein fremdes, schwarzes Weible ihn in der Werkstatt anbettelte, eine Schaufel glühender Kohlen aus der Esse genommen und ihm ins Gesicht geschleudert. Dann habe das Weiblein zu brennen angefangen und gerufen:

>»Mai Schmied, des Für
>Chunt di no tür!«

Dann sei das Weiblein vor des Schmieds Augen zu einem feurigen Vogel geworden und über das Dorf geflogen, und bald darauf habe der rote Hahn auf den Dächern geflattert. Solche aus finsterem Aberglauben geborene Sagen gingen noch etliche unter den Einwohnern, bis sie in dem späteren, realistischen Zeitalter untergingen.

Für die Unteregginger Fronwerker beim Rothaus war es eine schreckliche Überraschung, als sie das Brandunglück erfahren hatten und dann zurück nach ihren im Feuer aufgegangenen Wohnstätten gekommen waren und wehklagende Weiber und Kinder bei rauchenden Trümmern antrafen. Aus den Nachbarorten kamen Brandsteuern: Lebensmittel, Kleider usw. Geld konnte keins gespendet werden, da überall daran großer Mangel war. Entschädigende Brandversicherungen kannte man damals noch nicht. Eine »Brandassekuranz« entstand erst im 18. Jahrhundert vom Kloster St. Blasien aus. Als Brandursache konnte also ein »Hotzenblitz« nicht in Frage kommen.

Am zweiten Tage nach der Brandkatastrophe erschien vom Schlosse Stühlingen die mildherzige Landgräfin Maria Magdalena von Fürstenberg, Gemahlin des Landgrafen Maximilian Franz von Fürstenberg (des »Trompetenbläsers«), eine geborene Gräfin von Bernhausen, auf der Unglücksstätte. In ihrem Gefolge waren der Burghauptmann von Stühlingen und zwei andere Reiter und mehrere Packesel mit Brandgaben, »Eßwaren und Chäswaren«. Nachdem die Landgräfin der Sänfte entstiegen war, richtete sie tröstende Worte an die umstehenden Unglücklichen, ermahnte sie zur Treue gegen ihren Landesvater und empfahl ihnen unverbrüchliches Gottvertrauen, dann würden aus den Trümmern ihnen wieder neue Heime entstehen. Dann ließ sie die Brandgaben verteilen und riet den Männern noch, wegen weiterer Hilfe sich an ihren Herrn Gemahl, den Landgrafen, zu wenden. Sie werde bei ihm fürbitten. Dann frug sie noch nach dem jüdischen Kantor und ob ihm seine Harfe auch verbrannt sei, was bejaht wurde. Dieser Jude »Löb Menges«, welcher ein ausgezeichneter Harfenspieler war, war nämlich öfter auf das Schloß Stühlingen befohlen worden, wenn dort Feste gefeiert wurden, um dieselben mit seinem Spiel zu verschönen.

Die um die Landgräfin knieenden, heulenden Weiber schickte sie hinauf in die Kapelle, den Rosenkranz zu beten. Den Männern aber gab sie noch jedem einige Silberlinge. Während ihrer Anwesenheit läutete das Kapellenglöcklein. Als sie die Sänfte zur Rückreise bestiegen hatte, klatschten die Männer in die Hände und riefen ihr »Vergelt's Gott!« nach. Aus einem ausgebrannten Kreuzstock am Vogthaus hing ein Ehrentuch mit den landgräflichen Farben weiß und blau, als sie dort vorüberkam.

Werktätige Hilfe leisteten auch die Nachbargemeinden, namentlich Obereggingen, Ofteringen, Degernau (wohin Untereggingen bis zum Jahre 1864 kirchenzugehörig war), Eberfingen, die Steinachtäler Gemeinden und Hallau mit Wunderklingen. Sie brachten viele Lebensmittel und Kleider. Die Bauern der Nachbarorte kamen mit Fuhrwerken, den Brandplatz zu räumen. Auch beim Wiederaufbau halfen sie wacker mit. Die umliegenden Gemeinden und die Unteregginger hielten stets gute Nachbarschaft untereinander, wie heute noch.

Bald erhob sich aus dem Schutt ein neuer Ort in veränderter Gestalt. Die durch den Ort führende Landstraße (teilweise noch römische Heerstraße) wurde stellenweise verlegt. Der Brand von Untereggingen anno 1677 und der Abbrand der Küssaburg am 1. Mai 1634 waren zu damaliger Zeit die bedeutendsten in unserer Gegend. Spätere Brände waren mehr oder weniger lokalisiert. Im Jahre 1796 verbrannten plündernde Franzosen in Untereggingen zwei und im Jahre 1799 vier Häuser und zwei Scheuern. Die letztere Brandlegung war eine strategische Maßnahme. Nach der für die Österreicher siegreichen Schlacht bei Lipptingen und Stockach am 25. März 1799 (Erzherzog Karl gegen Marschall Moreau) flüchteten die geschlagenen Franzosen durch die an den Heerstraßen gelegenen Dörfer landabwärts nach den Rheinübergängen. Um den ihnen nachrückenden Österreichern den Durchzug durch die Dörfer zu erschweren, legten sie in verschiedenen, hart an den Straßen gelegenen Häusern Feuer, wodurch die Verfolgung wesentlich aufgehalten wurde.

Die heutige Gestalt des Dorfes Untereggingen ist wesentlich und vorteilhaft anders, als diejenige vor dem Brande 1677. Die Wutach ist weit von der Dorfgrenze abgerückt. Das Dorf, nach allen Seiten erweitert, bildet jetzt eine lange, mehrfach nach links und rechts ausbiegende Kette stattlicher Bauern- und Gewerbehäuser. Spurlos verschwunden sind längst alle baubrüchigen, bretternen, mit Stroh und Schindeln überdachten Siggen und Hütten. Wo man heute im Erdreich Alt-Untereggingens in die Tiefe schürft, stößt man fast überall auf verkohlte Holzreste, Scherbwerk und Brandschutt: stummberedte Wahrzeichen untergegangener Wohnstätten unserer größtenteils armseligen Vorfahren.

Möge Prometheus, der das Feuer vom Olymp auf die Erde brachte, dasselbe in unserem Dorfe nie mehr zur Zerstörung entfesseln. Und der Genius loci (Schutzgeist) wolle die Bewohner allzeit schützen und sie über die Drangsale der heutigen Zeit hinweggeleiten und hinüber in eine bessere Zukunft.

Das wäre also die Schilderung vom großen Brande in Untereggingen, von welchem die Alten einst ihren Nachfahren erzählten. Einige Episoden mögen vielleicht dem Leser romantisch und abenteuerlich erscheinen. Nicht mit Unrecht! Denn manches heute Befremdende gehört eben zu den Unbegreiflichkeiten der alten Zeit.

Eilt sehr

Es war am zweiten Januar vor dreißig Jahren. Da ging ein Mann aus dem Wutachtale hinüber ins Steinachtale zu einer Beerdigung. Ich will den Mann der Kürze und anderer Umstände halber hier »Josep« nennen. In der Taufe erhielt er zwar einen viel längeren und holperigen Namen. Nach der Beerdigung ging man in die Kirche und nachher ins Wirtshaus. Das Essen war gut und der Wein auch. Dies ließ das Leid um den Begrabenen bald vergessen, und es entstand eine lustige Trauergesellschaft. Abends ging unser Josep zeitig fort und machte sich auf den Heimweg. Es war bereits am Zunachten. Hinterm Dorfende, wo der Berg anhebt, hörte der Josep plötzlich hinter sich rufen: »He! – he! – halt! – halt!« Er stand still und schaute sich um. Da sah er einen Mann daherrennen, welcher ihm etwas Weißes entgegenschwenkte. Der Josep lief zurück, dem Manne entgegen. Und bald stand er einem gegenüber, der eine blaue Brille trug und eine rote Nase hatte. Diese jedenfalls vom vielen Ranenessen. Hinter dem einen Ohr hatte er eine Schreibfeder stekken, die er offenbar kurz zuvor gebraucht hatte, denn ein Tintentropfen hatte sich davon losgelöst, war ihm den Bakken herabgekrochen und hatte einen dicken schwarzen Striemen hinterlassen.

Keuchend und schweißtriefend wickelte der Mann einen Brief aus einer Zeitung, hielt denselben dem Josep vor und sagte: »I ha en Brief do und dä söti notwendig furt mit-em nöchste Morgezug und i ha de Briefträger nümme verwütscht. Sind jetzt au so guet und nömet-en mit-i-chi und gönd-en ab bi eu ene uf der Post; er pressiert nämli chaibermäßig!« – »Jo frili, worum denn nit«, sagte der Josep und nahm ihm den Brief ab. Derselbe trug schön und deutlich die Aufschrift: »An das Großherzogliche« so und so in so und so. Und unten in der linken Ecke stand groß und rot umrahmt geschrieben »Eilt sehr!!!« (Merke: drei Ausrufezeichen). Der Brief war frankiert mit einer schönen blauen Zwanzigpfennig-marke.

Der Josep zog aus der Tasche seines schwarzen Rockes sein Meßbuch, legte den Brief sorgsamlich hinein und schob es wieder in die Rocktasche zurück. Das Meßbuch hatte den schönen Titel »Geistliches Vergißmeinnicht.« – »Also bsorgets guet und i sägichi jetzt au vilmol Vergeltsgott! Do händer no a Zigarre!« sagte der Mann. »Nüt z'danke«, wehrte der Josep ab, »die Zigarre ist nit nötig, dä Brief würd wege sellem anaweg bsorgt.« Der Mann aber schob die Zigarre dem Josep in den Hosensack und entfernte sich, erleichtert, freudestrahlend. Und der Josep war auch ganz frohsam, wie allemal, wenn er jemandem einen Gefallen getan hatte.

Nach einer Weile rief der Mann noch einmal den Berg hinauf: »Aber gellet, ihr vergessets anaweg au nit!« Und Josep rief zurück: »Ach woher! Wie chönnt-me au so öppis vergesse!« Und ganz erfüllt von der Wichtigkeit des ihm erteilten Auftrags zog er seines Weges über den Berg und summte das Lied vom »blauen Blümelein, das heißt Vergiß nicht mein«, um den in seinem »Geistlichen Vergißmeinnicht« so wohl versorgten Brief ja in Erinnerung zu behalten.

Unterwegs zog er die Zigarre, die ihm der Mann zugesteckt hatte, hervor und besah sie. Es war eine dicke, ungeschlachte Walze von graugrüner Farbe. Die Spitze war abgebissen und das andere Ende angekohlt. Es hatte schon einmal einer, oder vielleicht mehrere, daran geraucht. Der Josep warf sie auf den Boden und wollte sie zertreten; dann hob er sie wieder auf und legte sie auf einen am Wege stehenden Markstein. »Ein anderer ist vielleicht auch froh darüber«, dachte er in christlicher Nächstenliebe. (Andern Tags habe die Frau des glücklichen Finders für denselben schnell zum Doktor gehen müssen.)

Unweit Joseps Wohnort zweigt sich von der Straße, auf welcher er seither gegangen war, ein Fußweg ab. Dieser führt nach dem untern Ortsteil, wo Josep wohnt. Er ging aber diesen näheren Weg jetzt nicht, sondern setzte dem Brief zulieb den weiteren Weg, eben die Straße fort, an welcher vor dem Dorfe draußen damals die Postanstalt war, um das so sehr eilige Dokument dort in die Brieflade zu schieben, damit es unfehlbar mit dem nächsten Morgenzuge nach seinem Bestimmungsorte absause.

Vor dem Posthause begegnete unserem Josep ein mit ihm befreundeter Grenzaufseher. Derselbe war ein sehr gesprächiger Mann, wie der Josep eben auch. Wenn die zwei zusammentrafen, gings nie unter einem Schwätzstündle ab. So auch diesmal, bis sie endlich den Abschiedsprisen nahmen und auseinandergingen. Zu Hause angekommen, zog der Josep den schwarzen Rock ab, hing ihn in den Kasten, aß zu Nacht, ging ins Bett und schlief den Schlaf der bürgerlichen Ordnung.

Im Maien war Markt in einem Nachbarstädtchen. Der Josep war auch dort. Vor einem Wirtshause war ein Karussell aufgemacht mit haarsträubender, knochenerweichender Dudelmusik. Die Karessiermühle war dicht besetzt und umstanden von jungen und alten Kindern. Auch der Josep stand in dem Gedränge und schaute der Narretei zu, das Gesicht dem Wirtshause zugekehrt. Dort schaute ein Mann mit einer blauen Brille zum Fenster heraus und winkte mit weit ausgestrecktem Arm und gebogenem Zeigefinger nach der Stelle hin, wo der Josep stand, und rief etwas Zorniges. Was, konnte der Josep nicht verstehen wegen der Musik; sie krächzte das Lied vom blauen Blümelein, das heißt Vergißmeinnicht.

Dann machte der Mann eine Faust nach jener Stelle hin und Augen über die Brille hinaus, wie der leidige Höllenteufel, hub an zu schimpfen, wie ein türkischer Rotspatz und brüllte dabei wie ein Bär, der s' Grimmen hat. Verstehen konnte man nichts, denn die Musik tat wie rasend. Die Leute meinten, in dem Gehirn des Mannes wirbelten die Dünste des Alkohols, und es entstand ein sardonisches[1] Gelächter. Darauf fing der Mann zu heulen an bis hinauf ins dreifach gestrichene C. Und als das Gelächter immer stürmischer wurde, streckte er die Zunge heraus, zog den zornroten Kopf zurück und schlug das Fenster zu. Niemand wußte, wem die grenzenlose Entrüstung des Mannes galt. Auch der Josep nicht mit seinem hasenreinen Gewissen. Zwar kam es ihm vor, er habe den Mann auch schon gesehen, aber wo und bei welcher Gelegenheit, darauf konnte er sich nicht besinnen. Und er entfernte sich wieder und gab der Sache keinen weiteren Denk mehr.

Der Sommer ging. Der Winter kam. Am weihnachtheiligen Tag rüstete sich der Josep zum Kirchgänge, zur Frühmesse. Es war kalt, und er holte seinen warmen, schwarzen Rock aus dem Kasten hervor. Seine Frau bürstete noch daran herum, als er ihn angezogen hatte. »Hast au e Meßbuech?« mahnte sie. »Jo, i ha's im Sack, i greif's«, sagte er und tastete an die linke Brustseite, wo ein großes Viereck sich vom Tuche abhob, die Anwesenheit des Buches bejahend. In der Kirche machte er sich an einen etwas hell erleuchteten Platz. Als er das Meßbuch, das »Geistliche Vergißmeinnicht«, aus der Rocktasche hervorgezogen und es aufgemacht hatte, entdeckte er darin einen großen weißen Brief mit der Aufschrift »An das Großherzogliche« so und so in so und so! Blau frankiert, mit dem rot und dick umrahmten Vermerk »Eilt sehr!!!« Der Josep fiel fast in Ohnmacht. Sein Gesicht wurde leichenblaß und lang, wie ein sechsbändiger Roman. Es war ihm, als würde er mit einem eiskalten Tuche abgerieben. Er mußte absitzen.

Jetzt ging ihm auf einmal ein Seifensieder auf, wer selbiger Mann mit der blauen Nasebrille gewesen war am letzten Maienmarkt und wem sein fürchterliches Geschimpfe gegolten habe. Er vergaß ganz die Heiligkeit der Kirche und verwünschte in seinem Herzen erst den Brief, dann den Blaubrillenmann, den Grenzaufseher und zuletzt sich selber. Kein gut Gebet wollte ihm gelingen. Er konnte kaum erwarten, bis der Gottesdienst zu Ende war und nach demselben rannte er ingrimmig zur Kirche hinaus und zum Briefkasten am gegenüberliegenden Schulhaus, warf den Brief hinein und brummte: »Pack dich, du malfiz Chaib, du verwünschte!« –

Als er daheim in die Stube kam, sagte seine Frau: »Worum siehst so bleich und wunderli us, Josep, häts die g'frore?« – »Halts Mul und gib mer hofmännisch Tropfe!« knurrte er. Die Ursache seines Übelbefindens verheimlichte er. Auch sonst schwieg er über den Fall jedermann gegenüber mit konstanter Beharrlichkeit.

Als er einmal nach Freiburg kam, kaufte er dort eine Zwanzig- und eine Dreipfennig-Freimarke, steckte beide ohne Zugabe eines Briefleins in einen Umschlag, frankierte ihn, versah ihn mit der Adresse des Mannes und warf ihn in einen Briefkasten. Damit wurde dem Manne wenigstens das Porto für den rocksacklagernden Brief ersetzt. Die Dreipfennigmarke war für die edelkrautige Havannazigarre. Der Josep wollte mit dieser Zuwendung eben einen Riegel vor die Türe seines Gewissens schieben. Er hätte dem Manne auch gerne den etwa sonst noch entstandenen Schaden ersetzt. Allein er kannte ja die Höhe desselben nicht und mochte sich auch nicht bei ihm darnach erkundigen. Aus Gesundheitsrücksichten! Und gottergeben schwieg mit der Zeit seine Seele.

Später hätte er noch einigemale dem Manne mit der blauen Brille begegnen sollen, aber er ging allemal in einem großen Bogen um ihn herum; denn er wußte, daß der Mann ihm am liebsten das Genick abgedreht hätte. Über den jahrweiligen Eilbrief hat der Josep nie mehr etwas erfahren; er hat auch gar nicht danach gefragt.

Der Josep ist später ein Stefansjünger geworden. Und allemal, wenn ihm ein Brief mit dem Vermerk »Eilt sehr« unterhänds kam, tauchte vor ihm der zornwütige Mann mit der blauen Brille auf, und in seinen Ohren gellte die gräßliche Jammerorgel mit der Vergißmeinnichtmelodie. Und wenn ihm – was hie und da vorkam – jemand, war's auf der Gasse oder im Wirtshaus, einen Brief zum Mitnehmen und Befördern gab, steckte er denselben grundsätzlich nie mehr in den Sack, sondern ging jedesmal extra zur nächsten Brieflade und warf ihn hinein.

Den Mann mit der blauen Brille deckt längst der Rasen, und seine Seele lebt hoffentlich droben über den Sternen, wo

es keine Eile und keine Weile gibt wie auf unserer unzuver-
lässigen Welt. Der Josep aber lebt heute noch, soviel ich weiß.

1   maskenartig, verzerrt, grinsend

III. Gedichte

D'Johreszite

De Früehling

De Früehling ischt en flotte Chnab.
Er hätt en grüene Wanderstab.
Viel hait'ri Farbe hätt si Klaid,
Und uff em Huet en Struß er trait.
Er schlot de Alte d'Sorge tot,
Und macht de Junge d'Bagge rot.
Er sait zur Gret: »Jetz nümm din Franz,
I gib en Maierislichranz!«
Er singt und pfieft voll Übermuet,
Und gfallt i alle Lüte guet.
Doch wenn mit ihm de Winter ficht,
Dro macht er au a übel Gsicht!

De Summer

De Summer ischt en wack're Bursch.
Er schloft nit lang und hätt viel Durscht.
Er hätt en wiiße Strauhuet uff,
Und allerhand für Beerli druff.
Hemdärmlig schafft er viel und gern.
D'Heuet isch si Freud und d'Ernt.
Si gfärbet Hemd ischt naß vum Schwaiß.
Er goht is Bad, wenns ihm würd z'haiß.
All Sunntig lockt er frohi Gäscht
Bald do, bald dört-hi uff a Fäscht.
Er würd au rasig wild elbott,
Dro gits a Wetter! Bhüet üs Gott!

De Herbscht

De Herbscht – en riche, guete Ma –
Hätt gschägget Ghääß und Guldchnöpf dra.
Er kennt kan Mangel a der Chost,
Und druckt us Obst und Trube Moscht.
Mit Sege füllt er Schür und Chär,
Und macht de Bure d'Säue schwer.
Uff d'Chilbi schenkt er Suser i,
Z'Martini macht er Mengem Pi.
Si haiter Gsicht lockt s'Väh uff d'Waid,
Und macht de alte Wib're Freud.
Und eh er Abschied nümmt vu üs,
Lait er im Chilchhof Chränz und Strüüß.

De Winter

De Wintergreis triibt grobe Gwalt.
Si Herz ischt hert, si Bluet ischt chalt.
Sin Mantel ischt wie Schnee so wiiß,
Und Bart und Hoor sind grau wie Iis.
Er stürmt dem Herbscht si Vorrotshuus,
Und dröscht dem Summer d'Garbe uus.
Wenn er si Gwand staubt, wirblets Schnee,
Dro faschtet Vogel, Has und Reh.
Er jagt, fahrt Schlitte, megset Säu,
Bringt Christbäum und für's alt Johr 's neu.
De Früehling triibt ihn furt zum Schluß,
Dro schwümmt er ime Tränefluß.

Mein Licht

Ich hab ein ideales Licht.
Von Öl und Gas her stammt es nicht,
Ist nicht erzeugt von Menschenhand,
Und billiger ist kein's im Land.

Wenn's finster wird kommt meine Katz
Und nimmt auf meinem Tische Platz.
Dann strahlen ihre Augen mir,
Zwei Sonnen gleich, auf's Schreibpapier.

Dann schreib ich in bequemer Ruh,
Die Katze zünd't und schnurrt dazu.
Und zünd an ihrer Augen Glut
Die Pfeif' ich an; dann brennt sie gut.

Und ehe ich zu Bette geh,
Erhält die Katze Milchkaffee.
Dann schleicht sie leis umher im Haus,
Und sucht sich eine fette Maus.

Pflichten

Ruhe sei des Bürgers erst Pflicht,
Hieß es einst. – Doch heute:
Zahlen ist des Bürgers erste Pflicht,
Ruhe ist die zweite.

Doch nicht ruhen kann der arme Wicht,
Wenn er zahlen sollte,
Und auch zahlen könnt' er wieder nicht
Wenn er ruhen wollte.

Friede

Leicht ist ein hartes Wort gesprochen,
Zehn Rosse ziehen's nicht zurück.
Und bleibt der Friede dann gebrochen,
So nagt ein Wurm am innern Glück.
Ist jemand Dir zu arg gekommen,
Mach's wett im frischen Zornesbrand!
Rasch ist das Feuer dann verglommen,
Drauf reich dem Gegner froh die Hand.
Nur der mag düsterm Hasse fröhnen,
Der lieblos seine Pfade geht.
Die Liebe heischt ein schnell Versöhnen.
Das Leben flieht. Bald wird's zu spät.

Am Waldbach

Einst gingen oft drei Freunde
Am Waldbach auf und ab,
Besprachen kühne Pläne;
Die Hoffnung war ihr Stab.
   Dumpf rauscht' der Bach dazu;
   Hin flog die Zeit im Nu.

Nun ist der ein' verschollen,
Den andern deckt das Grab.
Der letzte geht heut einsam
Am Waldbach auf und ab.
   Die Zeit verflieht im Nu,
   Der Bach rauscht immerzu …

Das Egginger Lied

Zwischen waldgekrönten Bergen,
Wo durchs Tal die Wutach fällt,
Liegt ein Dorf so schön gestaltet,
Wie vom Herrgott hingestellt.

Vater Egin hat's gegründet,
Als die Römerherrschaft schwand,
Und es ward zu seiner Ehre
Eggingen nach ihm benannt.

Grüne Auen, Blumengärten,
Edle Bäume ringsherum.
Silberbrunnen trautsam rauschen
Unserm Schöpfer Dank und Ruhm.

Landwirtschaft, Verkehr, Gewerbe –
die Fabrik und Eisenbahn,
Fördern Wohlstand und Gesittung,
Fleiß und Friede helfen dran.

Nette Häuser, gute Leute
Laden zum Besuche ein.
Fremde fühlen sich da heimisch
Wo die Freundschaft kann gedeih'n.

Von dem Berg winkt die Kapelle
Mahnend auf das Dorf herab,
Daß wir Treue Gott bewahren
Und der Heimat bis ins Grab.

S'Bänkli

Gottlob, das Tagwerch ist verbi!
I füll-mer no e Pfifli i
und sitz a-weng uf's Bänkli us;
es ist so herrli Wetter duss.

Des steini Bänkli ist schu alt,
i weiß worm's i in Ehre b'halt:
Mi Urgroßvater selig hät
schu druf verricht si Nachtgebet.

Mi Mueter het-mer elbott gsait,
es hai viel Freud und Leid schu trait.
Jo – wenn das Bänkli schwätze chönt
ihr wurit lose, Sapperment!

Eines kommt nicht mehr

Was der Winter auch genommen,
Wird im Frühling wieder kommen:
  Sonnenstrahl auf Berg und Tal,
  Grün und Blüten überall,
  Quellenrauschen, Vogelsang,
  Zephyrhauch und Wanderdrang.

Eines nur wird nicht mehr kommen,
Was der Winter mir genommen:
  Was mein Erdenliebstes war,
  Sich geweiht mir immerdar,
  Bringt kein Frühling mehr zurück
  Tief im Grabe ruht mein Glück…

Das alte und das neue Jahr

Es lag ein altes Weib im Sterben
In stürmischer Sylvesternacht,
Umringt von Freuden und Beschwerden,
Die mit es auf die Welt gebracht.

Die Menschheit wacht' bei seinem Scheiden –
Und als die Glocke zwölf Uhr schlug,
War's aus mit seinen Freud' und Leiden –
Es tat den letzten Atemzug.

Fahr wohl, fahr wohl! Es ist dein Wesen
Mit den Geschicken deiner Zeit
Fürwahr auch nicht umsonst gewesen.
Leb' wohl in deiner Ewigkeit! –

Es ward ein holdes Kind geboren
Noch in der gleichen Winternacht.
In Dunkelheit ist's noch beschworen,
Was mit es auf die Welt gebracht. –

Die Menschheit wacht an deiner Wiegen –
Ein Hoffen füllt die ganze Welt,
Und Engel und Dämone fliegen
Hernieder von dem Sternenzelt. –

Willkomm, Willkomm! Es ist dein Leben
Mit den Geschicken deiner Zeit
Für diese Welt auch nicht vergeben,
Du Bote aus der Ewigkeit! –

Reise durch's Schlüchttal

Urwaldgebirge, tanndunkle Wildung,
Altersgeschwärzte turmhohe Felsen,
Öde Ruinen, wilde Geröllhäng',
Düstere Schluchten, Gießbachgetöse,
Schäumende Sturzflut, Schlüchtwasserbrausen,
Graues Gewölke, schleichende Nebel,
Strömender Regen!
Fröhlich talabwärts ziehen zwei Wand'rer:
Hasenfratz, Pletscher.

Kreislauf

Friede bringt Reichtum,
Reichtum macht Übermut,
Übermut bringt Krieg,
Krieg macht Armut,
Armut macht Demut,
Demut macht wieder Frieden.

Dieser Spruch
Aus altem Buch
Hat jederzeit
Sein Gültigkeit.

Maienkur

Maienmorgenherrgottsfrühe!
Perlentau und Wonneluft,
Buntes Busch- und Baumgeblühe,
Vogellieder, Waldesduft!

Quellenrauschen, Wiesengrün!
Sonnerwachen, Alpenglühn!
O – wie paradiesischnett
Ist es da – im Bett!

Wanderung

Weltabflüchtig schweift ich durch die Wälder,
Und mein Schatten war mein Kamerad,
Graue Felsen meine Märchenmelder.
Fuchs und Hase kreuzten meinen Pfad.
Wandermüde stieg zum Tal ich nieder,
Als von dort ein Aveglöckchen klang.
In der Nachtigallen süße Lieder
Rauscht' die Wutach ihren Abendsang.
Trautes Eberfingen – Gott erhalt es!
Alemannisch Dorf in grüner Flur.
Dort ein Einkehrhaus, ein gutes, altes,
Draus »Gottwilchen« grüßt der »Seplebur«.

Der Italiener

Weit vom sonnenheitern Heimatstrande,
Wo der liebe Gott sein Meisterstück getan,
Tut Tagewerk im fremden, rauhen Lande,
Der Italiener an der Eisenbahn.
Nach gemünztem Glück geht hier sein Streben,
Mühe und Entbehrung sind sein hartes Los.
Für den Lohn wagt er sein junges Leben
Täglich im Tunnel im tiefen Bergesschoß.
Nur am gottgeweihten Sonntagmorgen,
Wenn die Kirchenglocken rufen weit ins Land,
Ruht sein blankes Werkzeug, kluftverborgen.
Denn ihn schmückt der Heimat mal'risch Festgewand.
Frommen Sinn's wallt er zur heil'gen Messe,
Betet zur Madonna hold an Gottes Thron,
Daß sie seiner nimmerfalls vergesse,
Schirme ihn, wenn Todsgefahren ihn umdrohn.
Daß sein braunes Lieb, so fern, so ferne
In der Fischerhütte an Neapels Meer
Mit der dunkeln Augen Flammensterne
Schmachte nicht umsonst nach seiner Wiederkehr.

Wie de Roßbur d'Chnecht ischätzt

Wenn ein sait: »s'Meisters Roß«
Mit dem ist nit viel los.
Und sait ein: »Üsi Rösser«,
Ist er bedütend besser.
Sait ein aber: »Mini Roß'«,
So ein verehr ich groß!

108

Zur Brückenweihe Fährhaus – Koblenz

Der alte Rhenus sprach: »Das lob ich mir,
Daß man mich endlich überbrücke hier;
Nun geht von Strand zu Strand, von Land zu Land
Ein eisenfestes volksbeglückend' Band.« –

Behende Nixen auf des Stromes Grund
Im Reigen geben ihren Jubel kund.
Und von den Ufern bis landeinwärts weit
Herrscht ob erfülltem Sehnen Frohsamkeit.

Ein Segenswerk erschließt sich dem Verkehr;
Der Rhein ist fortan keine Hemmung mehr.
Das Einweihfest ist von Triumph durchrauscht;
Der Bad'ner mit dem Schweizer Handschlag tauscht.

Das Bauwerk ist ein mahnend Friedensmal
Für alle nah und fern zu Berg und Tal;
Es dau're bis in fernste Zeit hinein,
So lange meerwärts Wellen wälzt der Rhein. –

Lindenheim, den 26. November 1932

Das Kirchlein auf dem Berge

Wo des Schwarzwalds Berge wuchtig dringen
Vor ins wiesengrüne Wutachtal,
Ob der alten Ortschaft Untereggingen
Steht ein Kirchlein auf der Bergeswand.

Diese Bergwand heißt seit alten Zeiten »Helle«:
»Hel«, der Göttin von der Totenwelt
Weihten Kelten wohl einst diese Stelle.
Noch ist drauf ein heidnisch Gräberfeld.

Als der Heerbann einst im Kampfestoben
War besiegt vom Römer schwertvertraut,
Hat der Letzte auf der Grabstatt droben
Eine kühne Hochwacht aufgebaut.

Furchtbar nahen wilde Alemannen.
Schnell wird jener Römerturm zerstört.
Die Kohorte[1] trieb ihr Schwert von dannen.
Thor[2] und Loki[3] wird jetzt dort verehrt.

Später fromme Glaubensboten kamen:
Sankt Mauritius,[4] Sankt Fridolin,[5]
Streuten eifrig Christenglaubens Samen.
Dieser fiel auf fruchtbar Erdreich hin.

Drauf die Götterstätten bald verschwanden,
Auf dem »Helle« auch der Opferstein.
Christengotteshäuser viel erstanden
Auf dem Schwarzwald, wie zuvor am Rhein.

Und ein Edler stellt zu Gottes Ehre
Auch ein Kirchlein auf die Hellekant.
Doch beim Durchgang wilder Kriegesheere
Ward's mit samt dem Dorf im Tal verbrannt.

Herbe Not ließ niemand drum sich kümmern,
Ob man's wieder aufbaut oder nicht.
Und da hat einstweil auf seinen Trümmern
Man ein hehres Feldkreuz aufgericht.

Da hat einst ein Ritter, namens Hagen
(Diese Sag ist halb verklungen heut)
Einen andern tief im Wald erschlagen.[6]
Drauf hat er die Untat schwer bereut.

Baut das Kirchlein, um die Schuld zu büßen.
Selber trug er Wasser, Stein und Sand.
Freudig tat sein Sühnwerk man begrüßen.
»Hagenkirchle« ward's nach ihm genannt.

Gott im Himmel war dem Dorfe günstig,
Als man festlich weihte die Kapell
Anno vierzehnhundertvierundfünfzig
Sankt Johann, Maria, Michael.

Seit vierhundertachtundreißig Jahren
Schaut es nun aufs Dorf und Tal herab.
Nahm stets teil an Freude, Not, Gefahren
Und sah sinken manch Geschlecht ins Grab.

Wenn zu Zeiten, die jetzt längst verschwunden,
Lag viel Unglück und viel Weh im Tal,
Hat noch jeder guten Trost gefunden,
Der sein Leid im Kirchlein Gott empfahl.

Und das helle Glöcklein auf dem Turme
Weit und breit das Wetterglöcklein hieß,
Weil sein Wunderklang im Wettersturme
Manchen Schaden aus der Gegend wies.[7]

Vor dreihundert Jahren herrscht im Lande
Große Teuerung und Hungersnot.[8]
Doch lieb Gott sie bald von dannen sandte,
Als im Kirchlein scholl es: »Gib uns Brot!«

Als die Ortschaft wollt zum Lutherglauben
Zwingen Müller Hans von Bulgenbach,[9]
Weheklagten lang drei weiße Tauben
Alle Mittag auf dem Kirchendach.

Vor zweihundert Jahren bracht den Leuten
In dem Dorf die Pest viel Schmerz und Klag.[10]
Eine Jungfrau mußt das Glöcklein läuten
Täglich fünfmal. Da verschwand die Plag.

Als im bösen dreißigjähr'gen Kriege
Wilde Rotten plünderten den Ort,
Rettet man die Kindlein aus der Wiege
Still hinauf ins traute Kirchlein dort.[11]

Einmal stand das ganze Dorf in Flammen –
Bald sind's zweihalbhundert Jahr[12] –
Rings ums Kirchlein sank manch Haus zusammen,
Doch es blieb verschont ganz wunderbar.

Hundert Jahre sind's, seit die Franzosen
Und Öst'reicher hausten wüst im Tal.[13]
Und in dieser Not, der furchtbar großen,
Sah das Kirchlein Tränen ohne Zahl.

Und als einst die Nachbarkirchgemeinde
Durch ein Brand ihr Gotteshaus verlor,[14]
Es das Kirchlein gut und herzlich meinte.
Freudig öffnet es ihr Tor und Chor.

Drinnen hing vor nicht gar langen Zeiten
Der Sankt Apollonia Gnadenbild.
Manchem armen Kranken ward sein Leiden
Nach der Wallfahrt zu ihr bald gestillt.[15]

Früher, wer zuerst im Rebgelände
Eine reife blaue Traube fand,
Gab im Kirchlein sie als Opferspende
Dem Marienstandbild in die Hand.[16]

Achtzig Jahr sind's, seit zwei Junggesellen –
Denen gutes Angedenken lohnt –
Frommen Sinns vermachten der Kapellen
Eine zweite Glocke und ein Fond.[17]

Lauter hört man Gottes Lob erschallen,
Seit das Kirchlein eine Orgel hat.[18]
Herzensdank den braven Stiftern allen!
Gott mög' segnen ihre gute Tat!

Muß ein Mensch im Dorf von hinnen scheiden,
Kündet's Glöcklein dies vom Turm herab.[19]
Wer wohl weiß es, wenn's auch ihm wird läuten
Einst zur ew'gen Ruh ins kühle Grab?! –

1 Römische Truppeneinheit; der 10. Teil einer Legion.
2 Donnergott
3 Gott des Totenreichs
4 Legat einer römischen Legion in Unterhallau, der das Christentum dort eingeführt haben soll und dessen Fahne dort aufbewahrt wurde.
5 Fridolin von Säckingen
6 Diese Sage erinnert unwillkürlich an Hagens Siegfriedmord im Nibelungenliede. Der Minnesänger Heinrich von Ofterdingen (dessen Heimat die Geschichtsforscher bald in Steiermark, bald auf dem ehemaligen Schlößlein Ofterdingen im Wutachtale suchen) gilt als Mitverfasser desselben, und fast könnte man versucht werden, anzunehmen, diese Sage stünde (gerade durch den Minnesänger Heinrich v. Ofterdingen, falls er von Schloß Ofterdingen stammen sollte) in einigem Zusammenhänge mit jenen betreffenden Stücken aus der Nibelungensage.
7 Noch am Schlüsse des vorigen Jahrhunderts sollen manchmal durch heftige Gewitter geängstigte Personen aus Trasadingen und Erzingen auf den Höhenrücken des Randenarmes zwischen dem Klettgau und Wutachtale gestiegen sein, um zu horchen, ob man das Unteregginger »Wetterglöckle« noch nicht läute.
8 1586. In diesem Jahr ist Klingnau abgebrunnen und gilt der Mutt Kernen »17 Gulden« (Joseph Kaysers Chronik v. Degernau)
9 1524 im September
10 Von 1600-1700 wüten oftmal Hunger und Pest in unserm Tale. Ganze Dörfer sterben aus.
11 1634
12 1677 Großer Brand in Unteregglingen. Entstanden in einer Schmiede am Wutachufer an derselben Stelle, wo jetzt das Haus des Johann Waldkircher steht. Der Hauptteil des Dorfes stand damals auf der Ebene bei der Kapelle, und diese selbst stand also mitten im Dorfe. Dieser Dorfteil dürfte noch in die Alemannenzeit zurückreichen. Um die Zeit des Brandes hatte es viele Juden in diesem Hochdorfe, und ein Rabbi soll durch Zauberei einen noch größeren Umfang der Brunst verhütet habe.
13 Das war 1796 am 6. und 28. Juni. Gefechte zwischen Österreichern und Franzosen zwischen Lauchringen und Stühlingen.
14 Abbrand des Dorfes Obereggingen nebst Kirche anno 1854 am 23. Mai. Nachher wurde die hiesige Kapelle der verunglückten Gemeinde zum Gottesdienst überlassen.
15 St. Apollonia, Schutzheilige für die Zahnwehbehafteten. Noch anfangs unseres Jahrhunderts wurden von solchen Leidenden Eßlöffel geopfert vor dem Bilde aufgesteckt.

16 Das war in den 60er Jahren dieses Jahrhunderts der Fall. Diese Sitte dünkt mich durchaus heidnischen Ursprungs. Früchteopfer dürften an dieser Stelle schon irgend einer keltischen, römischen oder alemannischen Gottheit dargebracht worden sein, und nach Einführung des Christentums und Erstellung eines Kirchleins hat sich wohl diese ins Christentum herübergeschlichen und bis auf unsere Zeit forterhalten. Rings ums Dorf war ein großes Rebgelände, und vom Schlusse des Mittelalters her melden uns Chronisten geradezu Fabelhaftes über die Güte und Menge des »Erzinger«-, besonders des »Nüßli«-Weines.

17 Bernhard Albicker stiftete am 1. April 1823 einen Kapellenfond mit 105 Gulden und Alois Thienger am 9. Oktober 1828 200 Gulden zu einer zweiten Glocke.

18 Im Oktober 1891 ward eine neue Orgel gestiftet.

19 Früher herrschte der Glaube, daß dies Glöcklein jeweils eine Zeit lang vor dem Tode eines Dorfeinwohners einen seltsamen melancholischen, fast eindringlichen Ton von sich gebe.

IV. Humoristisches

Musikantenbrauch

Wenn Musikanten zusammenkommen
Wird zuerst eins eingenommen.
So sie dann beisammen sind
Trinken sie ein groß Gebind.
Und wenn sie auseinandergehn
Trinken sie noch eins im Stehn
Und dann noch eins aufs Wiedersehn.
Das ist der Musikanten Brauch
Und andrer Mannen aber auch.
Was meinst, Herr So und So, dazu?
Du und ich, und ich und Du
Schüttens auch nicht in die Schuh!

Zimmermanns Gebet

Ich danke, lieber Herrgott, Dir,
Daß ward ein Zimmermann aus mir.
Sankt Josefs Handwerk ist mein Stolz,
Gesegne mir Werkzeug und Holz.
Beschütz den Wald vor Frevlers Hand,
Vor Wurm und Sturm, vor Blitz und Brand.
Laß Stämme wachsen, schlank, gesund,
und aber viereckig statt rund.

De Fuchsandresel

D'Oxebacher Gmeindröt händ berote
Öb de Wildwald soll en Weiher gi,
Daß me au chönnt elbott Fischli brote.
Vier sind für und vier sind gege gsi.
Druf hät s'Jöslerjörge Fuchsandresel
Frech gsait: »D'Hälfti vu de Röt sind Esel!«

Chatze-töufels-wild sind d'Röt drob wore.
Zrugg-ni müeß ers, händ-s-em brichte lu,
Suscht sei er mit Hab und Gut verlöre,
Un er müeß is Bürger-chefi chu!
Röusam widerrueft de Fuchsandresel:
»D'Hälfti vu de Röt sind keine Esel!«

Diplomatie

Valeti:
»Erklär-mer jetzt au, Nochber Augusti,
Wa verstoht-me unter Diplomatie?«

Augusti:
»Wenn di ein will über de Löffel halbiere
Und tuet-der so chatzebusig flatiere
Und macht-si bei dir recht wohl dra
Und sait, du seist en g'schide Ma
Und denkt, du seist ä dummes Vieh –
So öppis heißt-me Diplomatie!«

Wiederseh

»So, Pumpnazi, bist au wieder hie?
's freut-mi aneweg-au, daß i di sieh!«
»Freue tuets-di? – Cha-mers denke!
Lieber täts du mi ufhenke!«
»Wenn-di nit tät seh, dro wär-i blind.
's freut-mi drum, daß d'Auge sehig sind!«

Dahinter wa devor

D'Wahle sind vorbi.
's End vum Lied würd si,
Daß-me grad wie vor de Wahle
Mueß en Hufe Stüre zahle.

Wiberwese

Ergründe möcht de Doktor Hasenöri
Wie hoch i d'Johr a Wibervolch müeß chu,
Bis daß de Trieb vom Mannevolch ufhöri.
Di alt Susann, meint er, chönnt Antwort stu.

Er tuet a d'Sus ä heikli Frögli woge,
Dro macht si: »Ei du närrsch, wa weiß denn i?
Herr Doktor, do müend ihr ä älteri froge:
I bi im Hörnet[1] jo erst achtzig gsi!«

1 Monat Februar

Lebensregel

Willst Du das Erdenleben recht und lang genießen,
Mußt Du den Tag mit Schlaf beginnen und beschließen.

Denkspruch für Radler

Ein Radler fuhr wohl her und hin
Zu suchen seine Radlerin.
Da fand er sie am Waldesrand
Wie sie bei einem andern stand.

D'Schwestere

D'Mariurz, des ist mi Schwester.
Ihre Schatz, der heißt Silvester,
Ist Student mit zwölf Semester
Und ist Doktor wore gester.
Des alles riemt-se zwor,
Aber leider isch-s nit wohr!

D'Amerei ist au mi Schwester.
Ihre Ma ist en Lumpazi,
Er hat no kai guet Stückli tue,
Und ist meh im Chefi weder duß.
Rieme tuet-si des nit zwor,
Aber leider isch-es wohr!

Konsequenz

Chresenz:
»De Töüfel ist en wüeste Strolch:
Er ist halt au a Mannevolch!«

Lorenz:
»Si Großmueter sei no schlimmer:
Drum ist-si halt a Frauezimmer!«

Grabschrift

An einem Grabmal las ich diese Schrift:
»Hier ruht die Jungfrau Rosa Lilienkron.
Dieser eisene Grabstein ward gestift'
Von ihrer Tochter und ihrem Sohn.«

Drei Diebe

Hegauer, Aargauer und Thurgauer sind alle Diebe. Die abgefeindesten sind die Thurgauer. Ein Hegauer, ein Aargauer und ein Thurgauer fahren über den Bodensee, gleichzeitig ein Engländer mit einer goldenen Uhr. Nach der Landung entwickelt sich folgendes Gespräch:
Hegauer: »Mer wend de Engelländer umschliche und d'Uhr stibitze.«
Aargauer: »Bst – i ha si scho!«
Thurgauer: »Nümme!«

Lebenswunsch

Allmächtiger, in Deiner Güte
Vor Blitz und Hagel mich behüte
Und andern schauderbaren Dingen
Insonderheit vorm Grundbuch Obereggingen.

Der Heiland litt zwar vieles laut Bericht
Doch Grundbuchhilfsbeamter war er nicht.
Und schickst Du später wieder mich zur Erden
So laß mich ein Notare werden.

Der bequeme Pope

Es war einmal ein russischer Pope, der sehr ungern Beicht
hörte. Je weniger zur Beichte kamen, desto froher war er. Eines Sonntags verkündigte er von der Kanzel: »Diese Woche
wird täglich Beicht gehört. Es haben zu erscheinen: am Mon-
tag die Wucherer, am Dienstag die Diebe, am Mittwoch die
Ehebrecher, am Donnerstag die Ehrabschneider, am Freitag
die Lügner, am Samstag die Falscheidschwörer, am Sonntag
die Säufer.«
Nun hatte der Pope Ruhe. Es kam die ganze Woche niemand zur Beichte.

Erzählung

In jener Zeit, als noch die Prügelstrafe im Schwange war und
der Geprügelte den Empfang für 25 Schläge durch ein »Dank
für die gnädig Straf« seinem Amtmann anzeigen mußte, hat
ein Bäuerlein auch zum Amtmann müssen, um sich für seine
bar empfangenen 25 zu bedanken. Das Bäuerlein war aber
keiner von der gewöhnlichen Sorte, und er hat gemeint, er
mache die Sache besser, wenn er seine Sache mit gewählteren
Worten vorbringe; mit Worten, die ihm sein Großmütterlein
schon gelernt hatte, wenn er von jemandem etwas bekam.
Und er trat schüchtern in die Kanzleistube vor den gestren-
gen Amtmann und sprach: »So, Herr Amtmann, ich hab
jetzt die 25, die ihr mir gütigst diktiert habt, überkommen.
Vergelts Ihnen der Lieb Gott hunderttausendmal!« Der Herr
Amtmann soll daraufhin kein sehr freundliches Gesicht gemacht haben.

V. Heimatgeschichtliches

Das Teuerbrünneli bei Unteregggingen

Abseits vom linken Wutachufer, in der Mitte zwischen Ofteringen und Unteregggingen, beginnt am Fuße des rechten Randenausläufers eine Schlucht, die sich in den Bergwald hineinzieht. Das ist der Kesselgraben. Davor sieht man in nassen Jahrgängen eine Quelle fließen.

Ein nasser Jahrgang war ehedem gleichbedeutend mit einer Teuerung, und deshalb hieß früher diese Quelle nur das »Teuerbrünneli«. Alte Leute nennen es jetzt noch so. Die Fruchtpreise der Gegend standen früher in einem gewissen Verhältnisse zur Wassermenge des Teuerbrünneli. War die Quelle versiegt, so gab es billiges Brot zu essen. Bange aber wurde den armen Leuten, wenn aus dem Brunnen zu viel Wasser hervorquoll, denn es folgte gewöhnlich teure Zeit.

Der Jahrgang 1816 war »ein Regenwetter«. Da ist vom Teuerbrünneli das ganze Jahr ein Bach gelaufen. Seit Menschengedenken war das nie mehr der Fall gewesen. Die Saaten auf dem Felde ertranken, und eine Ernte gab es gar nicht. Große Trauer lag auf dem Lande. Die Leute hungerten und darbten bis zur Ernte 1817. Die Wiesen ums Teuerbrünneli, auf welchen die Habermarken (Bocksbart) gut gedeihen, waren im Frühling 1817 von hungernden Menschen, die Habermarken sammelten, oft dicht besetzt.

Das ganze Jahr 1891 lief das Teuerbrünneli auch wieder, während es in den Jahren 1892 und 1893 gänzlich vertrocknete. Indessen hat es seine frühere Bedeutung verloren, denn eine Hungersnot oder außerordentliche Fruchtwohlfeile[1] ist heutigen Tags nicht so leicht mehr möglich. Wenn jetzt irgendwo eine Ernte auch noch so arm oder reich ausfällt, es steigen oder sinken die Marktpreise des Getreides nicht so

1 Getreidemangel

sehr, weil durch unsere jetzigen Verkehrsmittel die Kornkammern fremder Länder nähergerückt sind.

Am Schluß der neunziger Jahre im vorigen Jahrhundert haben sich viele Einwohner von Degernau und Ofteringen mit ihrer tragbaren Habe vor den französischen Kriegsscharen in den Kesselgraben beim Teuerbrünneli geflüchtet.

Der Dolmen auf dem Lindenacker

Zwischen Unteregingen und Eberfingen, unterhalb der Landstraße und der Eisenbahn entlang, auf einem diluvialen[1] Hochufer der Wutach, liegt der Lindenacker. Uralte Lindenriesen rauschten dort einst Lieder von Walhalla, Frigga und Helden.

Bis in die 1870er Jahre hinein standen auf dem Lindenacker in Quadrat-Ordnung vier gewaltige, säulenartig aufstrebende Felsblöcke. Eine mächtige Steinplatte lagerte wie eine Tischplatte darüber. Dieselbe wurde vor etwa 100 Jahren abgenommen und als Deckel zu einer Brunnenstube verwendet. Auch die vier Säulen wurden später mit großer Mühe weggeschleppt und an den Wutachwehrbau genommen. Es gab jede Säule einen großen Wagen voll. So ist der Dolmen, dieses uralte Kulturdenkmal, wie leider so manches andere im Lande, der Banausie zum Opfer gefallen.

Die Bezeichnung »Dolmen« ist gallischen Ursprungs: daul = Tisch, maen = Stein. Also Tischstein oder Steintisch. Man findet solche Dolmen, oder wenigstens Reste davon, in fast allen europäischen Ländern. Namentlich in Frankreich und Belgien. Aber auch in Nordafrika und Indien. Sie gehören vorherrschend der jüngeren Steinzeit oder der älteren Bronzezeit an (2000–3000 Jahre v. Chr.). Historische Nachrichten, aus welchen der Zweck der Dolmen hervorgehen würde, fehlen vollständig. Sie gehören eben jenem glücklichen, paradiesischen Zeitalter an, in welchem die Menschen noch keine Schrift brauchten, um Gedanken und Werke zu beschönigen und zu verbergen.

Zwar glaubte man, auf einigen Dolmen Runen, d. h. mystische Schriftzeichen keltischer oder germanischer Priester entdeckt zu haben. Allein bei näheren Untersuchungen erwiesen sie sich als durch Auswitterung entstandene Rillen. Man ist daher bezüglich des Zwecks dieser geheimnisvollen Denkmäler lediglich auf mehr oder weniger gewagte Hypothesen angewiesen: auf's Rätselraten, ähnlich wie bei den in unserer Gegend ab und zu vorkommenden prähistorischen Trichtergruben, deren sich auf der Gemarkung Untereggingen drei befinden.

Waren nun Dolmen, diese megalithischen[2] Monumente, altheidnische Opferaltäre für irgendeine uns unbekannte Gottheit? Waren es vorgeschichtliche Siegesdenkmäler? Waren es gallische, keltische oder germanische Heidengrabstätten? In einigen Fällen wurden Dolmen tatsächlich als Grabstätten benützt. Denn man fand unter denselben in der Erde Steinplattenbesargungen, teils mit menschlichen Gerippen, teils mit Urnen, in welchen von Leichenbrand herrührende Asche war. Und als Beigaben Waffen und andere Geräte aus der Stein- und Bronzezeit, niemals aber Eisen.

Ob der Dolmen im Lindenacker auch auf einer Grablage gestanden hat? Das wissen die Götter! Wir werden das wohl nie erfahren, denn der Pflug geht nicht tief genug, und man kennt nicht einmal mehr die Stelle genau.

Eine uralte, jetzt verklungene Sage meldete unseren Voreltern von gräulichen Gespenstern, die auf dem Lindenacker umgingen, von nächtlichen Feuern usw. Und als der Dolmen noch stand, habe in mondhellen Nächten die »Ruckjungfrau«, jenes einst so berüchtigte Gauschemen vom Schlosse Stühlingen, oft auf der Dolmenplatte gesessen und Schneckenhäuschen gezählt, umflattert von Eulen und Fledermäusen. Und wer's nit glaubt, zahlt en Taler!

1   das Diluvium (Sintflut) betreffend
2   aus großen Steinen bestehend

Römische Hochwachten

Der Ort Untereggingen liegt zwischen zwei römischen Kulturstätten: Ehrental und Wunderklingen. Auf den Anhöhen um und über der Heerstraße, von welcher sich ein Zweig durch das Wutachtal zog, befanden sich römische Hochwachten:
Gemarkung Untereggingen: Rechter Bergrücken über »Ertel«
Linker Bergrücken über dem Kesselgraben
Haselberg über dem Kalksteinbruch
Ährenberg
Gemarkung Obereggingen: »Auf der Wacht«
Gemarkung Ofteringen: Linker Bergrücken über »Ertel«
Die Römerstraße zog sich vom »Ertel« aufwärts durch das Tal bzw. über das alte Hochufer der Wutach, dann über Krähbühl, Lang erzeten Hohenlupfen zu.

Kesselgraben und Ehrental

Vor alten Zeiten standen über dem Kesselgraben und weit hinten im Ehrentale zwei Ritterburgen. Wer dieselben erbaut, bewohnt und zerstört, davon schweigt die Geschichte. Beide sind buchstäblich vom Erdboden verschwunden, und nicht einmal Überreste von Ruinen gemahnen uns an eine bestimmte Stelle ihres Daseins. Wohl hat man im Ehrental, ganz in der Nähe der Landstraße, schon viele interessante Gegenstände zutage gefördert aus der Erde. Aber das waren Römerfunde, denn dort war um das 5. Jahrhundert n. Chr. eine römische Militärstation. Die kriegerischen Alemannen, angefeuert von ihren fanatischen Priestern und Alraunen, haben diese dem Erdboden gleichgemacht.

Die Sage weiß aber wieder mehr und besser als die profane Geschichte; denn sie ist ja die Mutter derselben, und in den langen Winterabenden früherer Jahre hat sie sich in die Spinnstuben geschlichen und gar viele wunderliche Abenteuer erzählt vom Ehrental und Kesselgraben.

Österreichisches Feldlazarett

In Riedern am Wald befand sich um 1813/14 ein Feldlazarett der österreichischen Truppen. Es handelte sich zumeist um Tiroler und Vorarlberger, die an Typhus erkrankt waren und massenhaft starben. Kaum waren die Kranken tot, wurden sie schon begraben. Die Gräber waren mit ungelöschtem Kalk gefüllt. Die Toten wurden oft aus dem Fenster des Spitzners geschoben. Die Sage erzählt von einem Soldaten, der auch als tot aus dem Fenster geworfen und dort liegen gelassen worden war. Er kam jedoch wieder zu sich und jammerte und bat, ihn doch nicht zu begraben. Die Pfarrköchin kam zufällig vorbei und sah und hörte ihn. Er bat sie, ihn in ihr Haus aufzunehmen. Man brachte ihn in den Pfarrhof, wo er alsdann genas. Er war von reichen Eltern, und so lang er lebte, kam er alljährlich mit seinen Eltern nach dem Pfarrhof, und es begann ein fürstliches Leben. Kein Geld wurde dabei gespart.

Das Kreuz im Schlattwald

Der Schlattwald bildete schon viele Zwiste. Vor vielen Jahren haben der Vogt und der Förster von Erzingen dort gestritten miteinander wegen Waldbesitz, und da habe einer den anderen erschlagen; deshalb stehe das Kreuz im Walde. Nach anderen Aussagen habe sich dort einer erhängt, und wieder andere behaupten, daß dort ein Mädchen von Räubern ermordet worden sei.

Auch eine Metamorphose

Nachdem im Jahre 1806 auf Antrieb Napoleons I. der badische Staat das Kloster St. Blasien mediatisiert d. h. in Zwangserbschaft genommen hatte, wurden aus dem großen kupfernen Kuppeldach der Klosterkirche badische Kreuzer geprägt. Das Kupfer war von bester Sorte, und die Dicke des Bleches eignete sich vorzüglich zur Herstellung jener Münzstücke, welche zu den schönsten numismatischen Erzeugnissen gehörten und heute noch viele Sammlungen zieren. So wanderte das herrliche Klosterkirchendach in vielen tausend Teilen hinaus in alle Lande. Man trifft heute noch solche altehrwürdige badische Kreuzer bei Leuten, auch bei solchen, welche sonst keine Sammlungen besitzen. Wenn das Dach Gold gewesen wäre und gemünzt worden wäre, wo wären heute die Stücke? Im Ausland und in den Beuteln der Oberen Zehntausend.

VI. Fragmente

Weshalb die Juden aus Stühlingen vertrieben wurden

Es war im Jahre [...], da beauftragte der Graf [...] auf Hohenlupfen ab Stühlingen mehrere Juden, für ihn möglichst schöne und gute Pferde einzukaufen. Dieselben wohnten in einer Gasse, die heute noch Judengasse heißt. Die Juden kauften nun von dem Grafen [...] die vom Stühlinger gewünschte Anzahl Pferde zu Spottpreisen, da der Graf sie als unbrauchbare Ware abzusetzen gedachte unter falschen Vorgebungen.

In Stühlingen angekommen, rüsteten sie die Pferde aufs sorgfältigste mit Farbe und anderen Kunstgriffen her, brachten sie aufs Schloß und forderten von dem Grafen ungeheure Summen, die er ihnen auch zahlte. Es ging nicht lange, da traf es sich, daß jener Graf, von dem die Juden ihre Pferde hatten, zu dem Stühlinger auf Besuch ritt. Dieser führte ihn in den Stall und zeigte ihm seine frisch gekauften »Musterpferde«. Nach näherer Untersuchung erkannte aber der fremde Ritter seine eigenen verkauften Pferde, die für ihn ehedem als wertlos an die Juden abgegeben worden waren.

Aus tiefste gekränkt, befahl der Graf, daß die ganze jüdische Bevölkerung innert einer kurzen Frist seine Grafschaft verlassen müsse. Dieser Befehl wurde wahrscheinlich auch von gewissen Stühlinger Bürgern herzlich begrüßt, denn beim Abzug der Juden fluchten sie auf allerlei. So sollten die Juden den Wunsch getan haben, daß jeweils, wenn der Posthalter Fechtig seine Ringelwiese mähe, es lang anhaltendes Regenwetter geben müsse, daß in der Judengasse kein Haus verbrennen dürfe, daß bei einem Brand in Stühlingen jeweils nur ein Haus verbrennen dürfe. Daß derjenige, der um ein neues Haus zu erhalten, ein altes anzünde, es in seinem eigenen Hause tun müsse usw.

Als die Juden aus der Grafschaft Stühlingen unter Pappenheim vertrieben wurden, suchten sie nach Unterkunft in der Landgrafschaft Klettgau. Die dortigen Landesherren unterhandelten zuerst lange mit ihnen wegen Einlass in den Klettgau.

Inzwischen herbergten die Juden […] im Freien, da ihnen bei hoher Strafe niemand in seinem Haus Wohnung gewähren durfte, in den »Judenlöchern« zwischen Eberfingen und Stühlingen und auf der Gemarkung Unteregginen im »oberen Schafloch«, »Kaiserloch«. Dorthin holten sie das Wasser zum Trinken und Kochen aus einer uralten Zisterne, welche halb verfallen war und von ihnen wieder notdürftig instand gesetzt wurde. […] Die Zisterne zerfiel später wieder. In den 1860er Jahren öffnete sich dort wieder ein großes Loch. Warf man Steine hinunter, so hörte man sie aufschlagen im Wasser. (Grundwasser der Wutach?)

Die Blutrichter im Wilmendinger Schloß

Im großen Saal des Schlosses Wilmendingen bei Schwerzen wurde früher das Blutgericht abgehalten über die Bauern, welche sich an der Herrschaft vergangen hatten. Auf einer Empore waren drei Herren als Richter: Der von Wilmendingen, Der von Heidegg und einer, dessen Schloß auf einem Hügel bei Oberlauchringen in der Nähe des heutigen Wutachstauwehres stand. Von jener Empore herab wurden die Bauern zur Rechenschaft gezogen und ihnen Marter- und Todesurteile entgegengeschmettert. Im Walde beim Schweikhof ist ein […] Hügel. Auf diesem wurden die Urteile vollzogen. Die Verurteilten wurden zuerst gefoltert und dann am Galgen aufgehangen, oft an den Füßen und anderen Körperteilen. Manche wurden auch am Galgen gekreuzigt. Alle mußten qualvoll und langsam sterben. Und die meisten hauchten mit einem Fluche auf die Richter ihre Seelen aus. Die Flüche haben sich erfüllt, denn heute noch gehen die Seelen der Richter um auf den Stätten ihres furchtbaren Waltens und jammern um Erlösung. Vom Richtplatz herab schallt manchmal gräßliches Heulen und Wehgeschrei durch die Nächte. Namentlich zu heiligen Zeiten.

Vor 150 bis 200 Jahren lebte in Obereggingen die [...], eine »usbundte Hex«. Die konnte aus Holzbeigen [...] namentlich aber aus Haselstauden Milch ziehen. Auch sonst war sie eine Schwarzkünstlerin schlimmster Sorte. Sie ist alt geworden, und als sie starb, legte sich eine unbekannte schwarze Katze auf ihr Bett. Die »[...]« war aus der Familie »[...]«. Das war eine altberüchtigte Hexengesellschaft. Weit und breit bös genannt war der alte »Schnutz«, einer der größten Hexeriche. Er konnte aus einem Messergriff Blut drükken, daß es nur so träufelte. Das Blut entzog er durch dämonische Willenskraft unschuldigen Kindern. »Schnutz« hieß man ihn wegen seinem bürstenartigen gräulichen Schnauzbart.

Die Russen in Untereggingen

Anno 1813 waren die Russen hier. Drei Tage und drei Nächte marschierten sie durchs Wutach- und Klettgautal hinunter. Mathias Hasenfratz, ein armer Tauner (= Kleinbauer) hatte 186 Kosaken in Quartier. Der Quartierherr mußte sie bezüglich Verpflegung vollständig sich selbst überlassen. Sie waren äußerst genügsam; waren zufrieden mit [...], Ampelöl, Schnaps (wenn dieser fehlte Salzwasser) etc. Ausschreitungen (wie in den 90er Jahren bei den Franzosen und Österreichern) kamen nie vor.

Die Generäle warfen oft Kleingeld unter die an der Straße stehenden Gaffer und freuten sich, wenn selbige recht übereinanderpurzelten, wenn sie, einander zurückstoßend, nach den Münzen haschten.

Von den Russen kommt der Name »Schnaps«. Früher sagte man nur »Brenz« oder »Bräntewi«.

133

Die Überlieferung gab oft köstliche Beispiele russischer Charakteristik.

Die Wutach war überfroren. Kosaken hieben runde Löcher in die Eisdecke und angelten Fische. Als Köder verwendeten sie oft eine dicke Kleiderlaus.

Einer Bürgersfrau stahl ein Kosake einen Schinken und eilte damit vom Hause weg, das corpus delicti unter dem Mantel (Kaftan), und verschwand im Kreise seiner Kameraden. (Typisch für die Russen war, daß sie stets, wenn ihrer mehrere oder viele zusammenstanden, einen Kreis bildeten.) Die Frau aber hatte sich den Kosaken wohl gemerkt, suchte und fand ihn in dem [...]kreise, packte ihn am Kragen, ohrfeigte ihn ganz herzhaft, riß den Schinken unter seinem Kaftan hervor und eilte unbehelligt davon. Der betreffende Kosake ließ sich das als ganz selbstverständlich gefallen, während auch seine Kameraden ganz teilnahmslos dem Vorgang zusahen (charakteristisch für die russische Apathie!).

Wo jetzt das Haus des Bartholomä Albiker steht, war damals ein Rasenplatz. Hierauf unterhielten die Russen stets ein Feuer und standen im Kreise total entkleidet um dasselbe, fingen aus ihren Kleidern die Läuse und warfen sie ins Feuer.

Beim Durchmarschieren fiel einem Russen auf, daß in einer an der Straße gelegenen Küche Brot gebacken wurde. Er trat aus dem Glied in die Küche und spießte einen Laib auf sein Bajonett, schulterte dieses und eilte wieder in Reih und Glied. Da wurde der noch nicht ausgebackene Brotlaib länger und länger, bis der Soldat zuletzt ein langes Teigseil nachschleppte, welches von seinen hinter ihm marschierenden Kameraden verzehrt wurde.

Einige Russen starben hier und wurden auf dem Degernauer Kirchhof begraben. Ihre Kameraden warfen ihnen Geld in das Grab, damit sie Reisegeld hätten nach dem Himmel.

Alles, was den Russen auf dem Marsch oder Ritt auffiel, ward von ihnen besungen mit eigentümlich eintönigen, elegischen Weisen und oft recht derben Texten.

Die Russen waren sehr fromm; oft beteten sie auf dem Marsch oder Ritt im Chore (ähnliche Kehrgebete wie der katholische Rosenkranz). Auch sangen sie religiöse Lieder. Fast jeder Soldat trug ein Amulett auf der Brust.

Der tote Mann

Vor mehr als hundert Jahren wohnte nördlich vom Bauernhaus [...] zwischen Erzingen und Degernau am Waldrand um eine Buche vor einer tiefen Waldschlucht in einer Klause ein Einsiedler. Dieser ging alle Tage in die Degernauer Kirche. Eines Tages blieb er aus. Man suchte in seiner Hütte und fand ihn dort tot. Bis zu heutigen Tagen heißt jene Stelle – und auch die darum liegenden Feld-, Wald- und Wiesenstellen – »Zum toten Mann«.

Editorische Notiz

Mit der vorliegenden Ausgabe der »Ausgewählten Werke« sind die wichtigsten Veröffentlichungen von Ferdinand Hasenfratz wieder greifbar, nachdem sie über Jahrzehnte hinweg dem interessierten Lesepublikum nicht mehr zugänglich waren. Dazu waren umfangreiche Nachforschungs-, Sichtungs- und Editionsarbeiten nötig, die sich über einen Zeitraum von mehr als zwei Jahren hinzogen. Entstanden ist so eine Buchausgabe, die versucht, einen repräsentativen Querschnitt durch das Œuvre von Hasenfratz zu bieten. Jedoch gibt es in der Fülle der schriftstellerischen Produktion des Egginger Heimatdichters noch manches, was einer Wiederentdeckung wert wäre. Möglicherweise lassen sich in den schwer lesbaren, oft fragmentarischen handschriftlichen Aufzeichnungen noch zahlreiche verborgene Perlen von Hasenfratz' literarischem Schaffen finden, die jedoch aus Zeitgründen nicht berücksichtigt werden konnten.

Zur Textgestalt

Orthographie und Interpunktion wurden, bei Wahrung des Lautstandes und Berücksichtigung stilistischer Eigenheiten, dem heutigen Gebrauch angepaßt. Offensichtliche Druckfehler wurden stillschweigend korrigiert. Die Grammatik wurde teilweise modernisiert, wobei jedoch das Kolorit und die Wärme des alemannischen Dialekts gewahrt blieb.

Ein herzlicher Dank für die Unterstützung, Mitarbeit und Beratung bei diesem Buchprojekt gilt Hans-Wolf Kaczmarcyk (Eggingen), Hubert Kramer (Eggingen), den ehemaligen Bürgermeistern Hauser (Eggingen) und Albicker (Wutöschingen) sowie ganz besonders Frau Dietsche (Waldshut), die großzügig sämtliche Unterlagen aus dem Nachlaß ihres Großvaters Ferdinand Hasenfratz zur Verfügung gestellt hat. Ohne sie hätte dieses Projekt in der vorliegenden Form nicht realisiert werden können.

Gegenüber der Buchausgabe von 1984 wurden bei diesem Auswahlband einige Texte weggelassen, dafür jedoch der eine oder andere unbekannte neue Text eingefügt.